Un jeu si troublant

ALLY BLAKE

Un jeu si troublant

collection Azur

éditions HARLEQUIN

Collection : Azur

Cet ouvrage a été publié en langue anglaise
sous le titre :
FAKING IT TO MAKING IT

Traduction française de
ANNE-LAURE PRIEUR

ÉDITIONS HARLEQUIN

83-85, boulevard Vincent-Auriol, 75646 PARIS CEDEX 13.
Service Lectrices — Tél. : 01 45 82 47 47
www.harlequin.fr

ISBN 978-2-2803-0712-3 — ISSN 0993-4448

1.

Face à son écran d'ordinateur, Saskia écarta sa frange et ajusta ses lunettes *vintage*.

— Si tu as moins de quarante ans, je suis la reine d'Angleterre, marmonna-t-elle devant la photo d'un candidat sur le site eDating.

Bogosse33 souriait imperturbablement, comme si son profil d'athlète suffisait à faire oublier l'âge mensonger.

> Film préféré : *Fast and Furious*
> Je collectionne : les planches de surf
> L'acteur qui m'incarnerait le mieux : Jason Statham
> Je cherche : une femme ouverte d'esprit avec des étoiles dans les yeux

Suivant.

La photo de Rapace28 la fit tressaillir. Sous ses cheveux hérissés, l'homme arborait un rictus grimaçant, un oiseau de proie perché sur l'épaule.

> Série préférée : *Dr Who* (l'originale !)
> Le dimanche, j'aime : faire les vide-greniers
> Une célébrité qui me fait craquer : Tyra Banks
> Je cherche : du bon temps sans tabous

« Charmant », songea Saskia avec ironie.

Bien que célibataire, elle ne cherchait pas l'homme de sa vie. Encore moins un « samedi soir inoubliable », comme un candidat le lui avait si galamment proposé. Son compte sur eDating servait un but purement professionnel. SassyStats, l'entreprise qu'elle gérait avec son associée Lissy, s'était vu commander une analyse statistique légère par le site de rencontres en ligne. Une précédente étude l'avait amenée à nager avec des requins ; par comparaison, se créer un profil virtuel était un jeu d'enfant.

Elle mordilla rêveusement son stylo devant la douzaine de profils non lus qui attendaient son verdict. Recherche professionnelle ou non, obtenir tant de réponses était flatteur. Avec ses boucles brunes, ses yeux noisette et un teint mat hérité de sa mère, auxquels s'ajoutait une silhouette androgyne d'adolescente, elle se considérait comme mignonne, sans plus. Jamais elle n'aurait cru intéresser autant d'hommes ! Si elle avait su, elle se serait inscrite plus tôt. C'était dans un bar qu'elle avait rencontré Stu, et pour quel résultat !

Seul à une table, les épaules voûtées, les doigts tachés d'encre, il avait quand elle l'avait croisé pour la première fois une aura de mystère… et l'air de quelqu'un en grand besoin d'un câlin doublé d'un repas chaud ! En réalité, elle avait découvert au fil de leur relation que c'était de son téléphone portable qu'il avait besoin. Ainsi que de sa télévision, de ses ordinateurs, de son équipement électroménager… Il était parti un matin avec tout cela et, en échange, il lui avait laissé un mot plein de fiel, des dettes faramineuses et son chien.

Elle lança un regard attendri à Ernest, couché pattes en l'air dans un fauteuil. Si elle s'était attachée au grand airedale terrier, jamais elle ne s'habituerait aux sinistres enveloppes rouges de la banque qui lui parvenaient chaque semaine. Seule solution pour que cela cesse : travailler sans relâche. Même quand son lit lui faisait les yeux doux.

Avec un soupir, elle cliqua sur la souris.

Suivant.

Sa main se figea sur son bloc-notes. Une exclamation avait dû lui échapper car Ernest s'ébroua dans son sommeil.

« Séduisant » ne suffisait pas à décrire l'homme apparu sur son écran. « A tomber » était déjà plus juste… Des cheveux cuivrés coiffés à la perfection. Une élégante chemise bleu pâle, manches retroussées sur des avant-bras musclés. Des lèvres sensuelles incurvées en une amorce de sourire. Et des yeux… Les plus bleus qu'elle eût jamais vus !

Comment un type pareil pouvait-il être célibataire ?

Un énième profil mensonger, sans doute… Tout en cet homme respirait la détermination de quelqu'un peu habitué à ce qu'on lui dise non. Peut-être avait-il un caractère exécrable ? Ou mauvaise haleine. Ou une passion secrète pour le tricot. A moins que ses intentions fussent carrément douteuses…

Piquée dans sa curiosité, Saskia fit défiler la page jusqu'au mini-profil.

Livre préféré : *Catch* 22
Boisson de prédilection : double expresso
Phrase favorite : suivant
Je cherche : une partenaire pour m'accompagner à un mariage — pas de relation sérieuse

Une description qui collait avec sa photo. Autrement dit, une anomalie. Saskia adorait les anomalies. C'est ce qui l'avait incitée à délaisser les statistiques pures pour s'orienter vers la recherche. Et une idée commençait justement à germer dans sa tête…

Farfouillant dans une pile de papiers, elle en tira le communiqué de presse que Marlee Kent, la P.-D.G. d'eDating, lui avait transmis par mail. Le nombre d'inscrits sur ce site était hallucinant ! Tous avaient cherché l'amour ou une simple aventure par les moyens traditionnels, sans succès. Si un homme aux goûts littéraires irréprochables et sosie de Paul Newman jeune n'était pas casé à trente ans passés, où était l'erreur ?

Elle qui cherchait un angle pour son infographie, peut-être l'avait-elle trouvé…

L'apparition d'un énorme mug près de son coude la fit sursauter.

— Bon sang, tu m'as fichu la frousse !

— Est-ce que je te dérange en pleine expérience scientifique ? railla Lissy.

Ses longues mèches blondes aux pointes violettes virevoltèrent comme elle s'affalait dans son fauteuil, de son côté du bureau — enfin : de la vieille table maculée de peinture qui leur servait de bureau.

— Si c'était légal, j'épouserais ta machine à expresso, soupira son amie.

— Prem's !

Saskia retira ses lunettes et ferma les yeux, humant le puissant arôme, se réchauffant les mains sur le mug. Puis elle savoura une gorgée. Après que Stu l'eut dévalisée, elle s'était contentée de louer des ordinateurs, mais avait racheté une machine à expresso. Question de priorités.

— Sur quoi travailles-tu ? s'enquit Lissy. La carte ferroviaire ? Le listing d'entreprises ?

— Les rencontres en ligne.

— Hé, hé, nettement plus excitant…

— Aux avantages du métier, dit Saskia en levant son mug.

Les deux amies trinquèrent.

— Je viens d'avoir une idée, reprit-elle. Pourquoi ne pas étoffer un peu mon analyse ? Avec par exemple un modèle de formule pour trouver l'amour…

— Du genre : fleurs plus chocolats multipliés par sexe torride égalent jackpot ?

Saskia éclata de rire, puis elle se mit à griffonner frénétiquement sur son bloc-notes, le cerveau en ébullition.

— Non. L'amour est naturel. Les mathématiques aussi. Alors pourquoi l'amour ne serait-il pas mathématiquement quantifiable ?

Le regard de Lissy se posa ostensiblement sur sa pile de factures qui, pour la première fois, incluait une relance.

— Cette formule, ce serait uniquement pour le travail, bredouilla Saskia.

Elle avait compris le message de son amie, qui avait peut-être raison : si elle voulait rembourser son prêt et reprendre les rénovations de sa maison, abandonnées après la trahison de Stu, elle devait à tout prix rester concentrée. La concentration était le point fort de Lissy, graphiste de talent ; pas le sien, hélas…

— Ça n'a jamais été fait, cette histoire de formule ?

— A croire qu'il fallait que quelqu'un ait l'inspiration, répondit Saskia, de nouveau enthousiaste.

— Comme Einstein avec la pomme ?

— Newton.

— Peu importe. Et *toi*, qu'est-ce qui t'a inspirée ?

— Rien du tout.

En disant ces mots, elle commit l'erreur de regarder furtivement son écran. Lissy plissa des yeux soupçonneux et, rapide comme l'éclair, contourna le bureau.

— Ah ! Je comprends mieux, s'exclama-t-elle, penchée sur son épaule. Qui est-ce ?

Saskia se laissa de nouveau happer par le regard bleu azur et la bouche sensuelle, promesse d'un sourire ravageur.

— Son pseudo est NSM.

— Son *pseudo* ? Tu veux dire que c'est l'un des types du site de rencontres ?

Lissy émit un sifflement appréciateur.

— Statistiques ? lança-t-elle après avoir regagné sa place.

Saskia cliqua sur le lien du profil complet de NSM. La vue des colonnes ordonnées et des champs remplis d'informations la motiva aussitôt.

— 1,90 mètre. Yeux bleus. Cheveux blond foncé. Financier. Aucun hobby renseigné…

— Je me dévoue.

Saskia éclata de rire, puis s'aperçut que son doigt sur la souris s'était fait caressant. Elle interrompit vivement son geste.

— Tu sais quoi ? Tu devrais sortir avec lui, déclara son amie.

Sans s'en rendre compte, elle avait de nouveau saisi la souris. Le curseur se trouvait à présent sur le tentateur bouton jaune intitulé « Pourquoi pas ».

Oui, au fond… *Pourquoi pas ?*

— Ce n'est pas mon genre.

— Il est le genre de toute femme normalement constituée, objecta Lissy. Et ta personnalité *geek* sexy est très en vogue. S'il est sur ce site, c'est qu'il cherche l'amour, non ?

— Primo, c'est un travail, pas un casting, répliqua Saskia. Secundo, il ne cherche pas l'amour mais quelqu'un pour l'accompagner à un mariage. Et tertio, qui te dit qu'il n'est pas inscrit sur une vingtaine d'autres sites et sélectionne au hasard ?

— Je vois… Tu n'es pas prête. Rappelle-moi, combien de temps s'est écoulé depuis que ton ex s'est volatilisé ?

Saskia lança un regard furtif à Ernest, comme s'il risquait d'entendre.

— Sept mois, chuchota-t-elle.

— Les chiens ne comprennent pas notre langue, railla Lissy.

— Ah non ? Oreo !

Ernest bondit du fauteuil. L'instant d'après, il posait les pattes sur ses cuisses, dans l'attente manifeste de quelques miettes de biscuit.

— Pas maintenant, Ernest, dit-elle en le grattant entre les oreilles, avant de le renvoyer d'une petite tape sur l'échine.

— Ce serait l'occasion d'une expérience nouvelle, insista Lissy.

Elle tourna l'écran afin d'examiner plus attentivement la photo.

— Exit les losers sans le sou. Place à un homme sexy et brillant, capable de prendre soin de lui-même. Et de *toi*, si tu vois ce que je veux dire.

Avec un haussement de sourcils éloquent, elle se remit au travail.

Saskia s'efforça de l'imiter. Sur une nouvelle page de son bloc-notes, elle écrivit en gros « eDating », suivi de « Formule pour trouver l'amour », avant de barrer la deuxième ligne en quête d'un meilleur titre.

Rien ne vint. Ses pensées revenaient sans cesse à cette conversation que son amie et elle avaient déjà eue des milliers de fois. D'après Lissy, son penchant pour les hommes dans le besoin venait de son enfance passée à essayer d'égayer la vie de son père, professeur de mathématiques célibataire et dépassé. Sans grand succès. Ce à quoi Saskia répliquait qu'elle aimait qui elle voulait : si sa préférence allait à des hommes qui la faisaient se sentir indispensable, où était le mal ?

A part dans le fait que ces histoires ne duraient jamais…

Son regard s'attarda une fois de plus sur le profil de Mister Sexy. Cet homme était tout sauf dans le besoin, affectif ou financier. Embrassait-il bien ? Probablement, décida-t-elle avec une étrange sensation au creux de l'estomac.

Mais ce ne fut pas la raison qui l'incita à cliquer sur le bouton « Pourquoi pas ». Elle avait un travail à faire, bien payé de surcroît. Et NSM, en tant qu'anomalie dans la masse de profils désespérément prévisibles, méritait une enquête plus poussée. Il fallait bien manger, non ?

A chaque mariage, c'était pareil. Après des années d'inflexibilité, Nate croyait avoir su dissuader ses sœurs de le tanner au sujet de son célibat. C'était sans compter sur les conséquences de l'invitation reçue quelques jours plus tôt.

A peine raccrochait-il après sa conversation avec Jasmine, sa sœur aînée, que le téléphone sonna de nouveau. Les jumelles, cette fois, Faith et Hope.

— Elle est ravissante ! s'exclama l'une, sans même dire bonjour.

Il se laissa aller dans son fauteuil, qu'il fit pivoter d'un demi-tour. La lumière du soleil à travers l'immense baie vitrée de son bureau était aveuglante.

— Je vais bien merci, et toi ?

Ignorant le sarcasme, les jumelles reprirent de plus belle :

— L'amie de Jasmine fait les meilleurs macarons du monde, affirma à son tour Hope (ou Faith, il ne distinguait pas leurs voix).

— J'ai vu sa photo, renchérit Faith (ou Hope). C'est tout à fait ton genre.

« A savoir ? », se retint-il de rétorquer. Ses sœurs étaient douées pour débusquer les points faibles, mais pas autant que lui. Après tout, c'était lui qui leur avait tout appris, quand il était devenu l'homme de la maison à tout juste quinze ans.

Il pressa un pouce sur sa tempe, qui s'était mise à le lancer.

— Je suis ravi que votre vie vous laisse le temps de fourrer votre nez dans celle des autres, ironisa-t-il. Puis-je vous suggérer une meilleure cause dans laquelle investir votre énergie ? La faim dans le monde, par exemple ?

— Mais…

— Plus de rendez-vous arrangés. C'est un ordre.

Il y eut un silence au bout du fil, suivi par un double éclat de rire. Nate sentit son autre tempe commencer à vibrer.

Pendant que les jumelles entonnaient leur rengaine habituelle, selon laquelle son charme et ses adorables yeux bleus ne fonctionneraient pas éternellement, il se mit à réfléchir à un moyen de leur faire lâcher prise. Prétexter trop de travail ? Pas vraiment un prétexte… Le concept de week-end lui était totalement étranger. Il y avait si longtemps qu'il n'était plus allé à la plage qu'il avait oublié la sensation du sable sous ses pieds. S'inventer un penchant pour les femmes de mœurs légères n'avait pas davantage découragé ses sœurs : elles avaient simplement élargi leur champ de recherches.

— Je vois quelqu'un, affirma-t-il.

Les murs parurent trembler autour de lui. Satanées jumelles ! Leur entêtement était comme des coups de marteau incessants sur ses nerfs à vif. Pas étonnant qu'ils finissent par lâcher ! Mais le silence prolongé de ses sœurs l'intrigua. Avait-il été bien inspiré ? Peut-être aurait-il dû s'inventer une petite amie bien avant… Une voyageuse infatigable de préférence, réfractaire à la technologie moderne, qu'un tragique accident aurait privée de sa famille — d'où sa réticence à lui présenter la sienne, de peur de raviver sa peine.

— Quelqu'un capable de tenir une conversation ? ironisa l'une des jumelles.

Zut ! Grisé par un doux sentiment de liberté, il avait manqué l'occasion de raccrocher.

— Peu importe. Du moment qu'elle est sexy, sent bon et rentre chez elle heureuse.

— Nate…

Double soupir à l'autre bout de la ligne, emprunt de culpabilité. Elles savaient qu'elles lui devaient un peu de tranquillité après tous les sacrifices qu'il avait consentis pour les aider à surmonter la mort de leur père. Mais les Mackenzie étaient têtus. C'était dans leurs gènes.

— Tu es sérieux, n'est-ce pas ?

— L'idéal de Nate ? Une femme allergique à l'engagement…

— Trouvez-la, et vous aurez ma reconnaissance éternelle, riposta-t-il.

La porte de son bureau s'ouvrit à la volée et le visage de Gabe apparut dans l'embrasure. Nate fit signe à son associé d'entrer. En deux enjambées, Gabe traversa la pièce, avant de caler sa gigantesque carcasse dans un fauteuil qui parut rapetisser à vue d'œil.

— Je vous laisse, dit Nate. Mon rendez-vous de dix heures est arrivé.

— Passe le bonjour à Gabe de notre part.

— Et si ça ne marche pas avec Paige, dis-lui qu'il peut toujours…

Nate raccrocha avant d'en entendre plus.

— Les filles sont sur le pied de guerre ? lança Gabe d'un air amusé.

— Je te tiens pour personnellement responsable, maugréa-t-il. Sans Paige, tu n'aurais pas rencontré Mae et Clint, qui ne m'auraient pas invité à leur mariage. Mes sorcières de sœurs se sont mis en tête de me trouver une partenaire.

Le regard de son ami s'assombrit.

— Tu as quelque chose contre Paige ?

— Non. Mais depuis que vous êtes ensemble, tu es passé d'ours mal léché à ours en peluche…

Gabe se radoucit. Peu importait, tant qu'il était avec *elle*, disait son sourire. Seigneur… Par chance, son téléphone sonna ; son associé répondit, épargnant à Nate un énième discours sur les joies de l'engagement.

Hier encore, les deux amis griffonnaient ensemble leur rêve d'une société de capital-risque indépendante sur un dessous-de-verre, au bar de l'université. Aujourd'hui, le rêve était devenu réalité : BonAventure Capital, un modèle de confiance, d'innovation et de responsabilité budgétaire dans le bourbier instable de la finance mondiale. Nate avait réussi, mieux encore qu'il ne l'avait rêvé ce soir-là. Il possédait des propriétés partout dans le monde, des parts dans les sociétés les plus prospères du pays et plus d'argent qu'il ne pouvait en dépenser. Pourtant, le moment auquel il aspirait secrètement, celui où, au sommet de sa réussite, il pourrait enfin relâcher la pression, ce moment-là n'était jamais venu.

Chaque décision, chaque achat, jusqu'au moindre trombone, était sa responsabilité directe. Déléguer, lui semblait-il, reviendrait à tout perdre. Dans le même temps, il approchait dangereusement de l'âge où son père, parti au bureau, n'en était jamais revenu…

Gabe raccrocha son portable.

— Tu es libre ce midi ? Je déjeune avec le type des jeux vidéo dont je t'ai parlé. Ta présence pourrait le décider à signer avec nous.

— Je passerai en coup de vent, dit Nate, muselant une frustration grandissante.

— Parfait.

Son ami s'extirpa de son fauteuil et se dirigea vers la porte. Sur le seuil, il se retourna.

— Finalement, tu as une partenaire pour le mariage ?

Nate jeta son agrafeuse dans sa direction ; elle s'écrasa contre le mur.

— Je prends ça pour un non.

Son associé parti, il pressa les pouces sur ses tempes douloureuses. Non, il n'avait personne, malgré sa déclaration fracassante à ses sœurs. Il trouverait, bien sûr, ne serait-ce que pour leur clouer le bec… Mais pas quelqu'un de leur entourage — ni du sien d'ailleurs. Inviter une femme à sortir était une chose. L'inviter à un mariage revenait à se jeter dans la fosse aux lions ! Comment lui expliquer ensuite que ses espoirs d'engagement ne se concrétiseraient jamais ?

Pas avec lui, du moins.

Après la mort de son père, il avait endossé le rôle de figure masculine dans la vie de ses sœurs. Pour tout remerciement, elles s'étaient mises à lui piquer ses chemises et sa brosse à dents, puis à sortir avec ses amis. Combien de fois avait-il pris sur lui ? Combien de fois s'était-il montré indulgent ? Mais comment leur en vouloir alors que, chaque nuit, il les entendait pleurer dans leur lit ; leurs sanglots lui tordaient les entrailles. Le temps passant, il avait appris à se blinder contre leurs larmes, leurs sautes d'humeur et leurs ruses féminines. Cela avait été le seul moyen de tenir.

Sitôt reçue l'invitation de Mae, il avait sélectionné un site de rencontres discret et efficace. Depuis, il avait eu rendez-vous avec six candidates, toutes plus ravissantes les unes que les autres. Et toutes séduites par sa fortune quand aucune ne lui avait *vraiment* plu, au-delà des apparences.

Or le temps pressait…

Ouvrant sa boîte mail, il vit que l'une de ses « Peut-être » lui avait renvoyé un « Pourquoi pas ». Pseudo : Bloomin. Plus résolu que jamais, il consulta le profil.

> Pizza favorite : jambon et piment
> Style de musique : rétro grunge
> Si je pouvais être n'importe où, je serais : exactement là où je suis
> Je cherche : quelqu'un à qui parler

Rétro grunge ? Encore un truc à vous faire saigner les tympans… Quelque chose, cependant, le poussa à revoir la photo.

Alors il se souvint du jour où il l'avait rangée dans ses « Peut-être ». Après des heures passées à écumer le site, à peine s'il distinguait encore une pin-up en Bikini de la suivante. Plutôt s'arracher les yeux qu'affronter un autre de leurs sourires aguicheurs, s'était-il dit, sur le point de quitter le site. Un dernier clic et petit miracle : la photo l'avait interpellé. Une femme proche de la trentaine assise dans un café, ses boucles brunes coincées entre un vieux Borsalino et une écharpe froufroutante.

Nate fixa l'image. Plus il la regardait, plus il la trouvait séduisante, dans un genre excentrique. Il aimait le nez fin et le sourire jovial. Et ses yeux… Il zooma jusqu'à ce qu'ils emplissent l'écran. Larges, tirant sur le brun, bordés de longs cils noirs aux effets d'ombre sensuels. Mais le plus captivant était la satisfaction simple et sereine qu'ils exprimaient. Quand avait-il ressenti cela pour la dernière fois ?

Incroyable ! A portée de ses doigts se trouvait une femme qui affirmait être heureuse là où elle était.

Sans plus réfléchir, il appuya sur le bouton « Répondre » et proposa un rendez-vous. A elle de décider du lieu. Il avait beau être intime avec les plus grands chefs de la ville, mieux valait un restaurant que ses sœurs ne fréquentaient pas.

Question de priorité.

2.

Sous ses airs de restaurant familial, *Mamma Rita* était un lieu à l'atmosphère bohème, repère d'artistes en tout genre. Le jardin attenant, noyé dans un épais brouillard de fumée de cigarette, résonnait souvent d'intenses débats philosophiques. Saskia aimait surtout l'endroit pour sa riche nourriture italienne. Un seul de leurs plats suffisait à la rassasier pour deux jours !

Affublée de son pantalon en batik préféré, d'une paire de sandales népalaises et d'une écharpe taillée dans un ancien T-shirt, elle trompait l'attente en jouant avec le morceau de ficelle attaché à son poignet. Un bracelet improvisé censé lui rappeler…

Quoi, déjà ? Ses pensées venaient de se figer, tout comme elle, devant l'homme qui venait d'entrer.

La photo de NSM, bien que flatteuse, était très en deçà de la réalité. Le costume impeccable mettait en valeur les larges épaules et la silhouette athlétique. Il émanait de cet homme une impression de lisse perfection, cristallisée dans le nœud de cravate bien serré. Ses lèvres sensuelles esquissèrent un sourire à l'approche de la serveuse, qui faillit trébucher.

Il était vraiment magnifique, pensa Saskia. Une magnifique anomalie. Rien n'était plus gratifiant, pour un scientifique, que le moment où l'énigme trouvait sa solution. Ainsi, Lissy sortait avec des mauvais garçons pour faire enrager ses riches parents ; Ernest aimait les Oreo parce qu'elle avait partagé les siens avec lui après le départ de Stu. Elle allait devoir résoudre celle-ci : pourquoi un tel dieu vivant avait-il recours à un site de rencontres ?

A cet instant, leurs regards se croisèrent. Seigneur… Ces yeux méritaient d'être classés « armes de destruction massive » ! Il lui fit un petit signe, qu'elle lui rendit timidement, avant de se recoiffer. Bon sang, que lui arrivait-il ? Ce n'était pas un rendez-vous mais une *expérience* ! Ce dîner avec le séduisant NSM devait l'aider dans son étude.

Comme il approchait, elle se leva. En posant la main sur la table, elle appuya sur l'extrémité de sa fourchette, qui vola à travers la salle avant de s'écraser bruyamment dans l'assiette d'une cliente. Sous le regard horrifié et confus de Saskia, deux serveurs accoururent pour nettoyer les dégâts et calmer la dîneuse en émoi.

— Besoin de ceci ?

La voix grave et masculine l'arracha à la contemplation du désastre. Son regard rencontra une cravate bordeaux, une mâchoire sculptée par un génie, un nez droit comme ciselé dans le marbre ; puis des yeux bleus rieurs qui libérèrent une foule de papillons dans son ventre.

Alors seulement, elle remarqua la fourchette propre dans la main de Mister Sexy.

— Merci, dit-elle en riant. On a déjà vu plus glamour, comme premier contact, non ?

La bouche sensuelle de NSM s'incurva. Une bouche faite pour sourire. Entre autres…

— Asseyons-nous, suggéra-t-il.

Il attendit qu'elle soit installée pour faire de même, déboutonna sa veste et lissa sa cravate. Ses ongles étaient soignés, ses doigts fins mais résolument masculins.

— Je suis Saskia. Saskia Bloom, fit-elle en lui tendant la main.

— Nate Mackenzie, dit-il en la lui serrant.

Son sourire éclatant le catapulta aussitôt dans la catégorie « bourreau des cœurs ». Peut-être qu'il avait un troisième téton ou puait des pieds… Car, à première vue, rien n'expliquait qu'un homme comme lui échoue à trouver l'amour à chaque coin de rue.

— Avec une amie, nous nous sommes amusées à deviner ce que NSM signifiait.

— Vos conclusions sur le S ?

Sexy ? Statistiques ? Suivante ?

— Sais pas.

Nouveau sourire. Nouvelle envolée de papillons dans son ventre. Sans doute une réaction chimique, se persuada Saskia. Ou hormonale. Une libération d'endorphines due au charisme de NSM.

— Samuel, répondit-il. C'était le nom de mon père.

— « C'était » ?

Il y eut un bref silence.

— Il est décédé il y a plusieurs années.

— Je suis désolée, murmura Saskia. Le mien aussi.

Aucune réaction, aussi enchaîna-t-elle nerveusement :

— Pas de deuxième prénom, pour moi. Ma mère est morte en me mettant au monde. Mon père était si dévasté qu'il m'a donné pour prénom le nom du médecin qui lui a annoncé le décès.

Mister Sexy ne semblait pas vouloir l'interrompre. Pour s'obliger à se taire, elle tendit la main vers la carafe d'eau, mais il la devança. Par galanterie ? Ou par prudence après l'incident de la fourchette ?

— Alors, reprit-elle après avoir bu sans rien renverser. Vos *blind dates* ressemblent-elles toutes à un numéro de clown suivi d'une comparaison entre parents disparus ?

— Pas vraiment.

Le sourire dans ses yeux décuplait encore son charme.

— Et les vôtres ? reprit-il.

— Vous êtes mon premier.

— Oh ! vierge…

— Pas du tout !

Ses joues s'empourprèrent violemment.

— Euh… vous voulez dire débutante, bredouilla-t-elle.

Elle rougissait rarement, mais quelque chose chez cet homme lui faisait perdre tous ses moyens.

— Prête à commander, *cara* ? demanda la voix joviale du propriétaire des lieux.

Affectueusement surnommé « M. Rita », c'était un grand

échalas d'une soixantaine d'années. Il lui souriait sous son élégante moustache.

— Pas encore. Tu nous accordes cinq minutes ?

Le vieil homme lui fit un clin d'œil, pouce levé. Elle s'empressa de tendre un menu à Nate pour détourner son attention. Elle-même fit mine d'étudier la carte, bien qu'elle la connût par cœur. Puis tous deux passèrent commande.

A peine M. Rita s'éloignait-il que son portable sonna. Elle savait qu'il s'agissait de Lissy, prête à lui fournir une fausse urgence pour le cas où le rendez-vous se serait avéré désastreux. Elle ignora l'appel et éteignit l'appareil.

— Votre plan de secours ? Déjà ?

— Pardon ? dit-elle, feignant l'innocence.

Il darda sur elle un regard perçant.

— D'accord, bien vu… concéda-t-elle. De votre côté, vous m'avez laissé le choix du restaurant pour qu'aucune de vos connaissances ne nous voie ensemble.

Un éclair de surprise traversa les yeux de Nate. Enfin, elle reprenait le contrôle de la situation !

— Je me trompe ?

— Non, dit-il en saisissant la carte des vins. Je vous dois des excuses.

Elle haussa les épaules et pointa un vin rouge sur la liste.

— Si vous aviez fait demi-tour au premier regard, là vous m'auriez dû des excuses. C'est normal de prendre des précautions quand tant de gens trichent.

— Trichent ? répéta-t-il, comme si l'idée ne lui était jamais venue à l'esprit.

— Oui. Vous auriez pu tricher sur votre photo, votre âge, votre poids, votre profession, votre nom, la raison de votre inscription… Qui me dit d'ailleurs que vous n'êtes pas un tueur psychopathe ?

Une lueur amusée s'alluma dans ses prunelles bleues. Il se pencha vers elle, et son parfum subtilement épicé s'insinua dans ses narines.

— Un homme rencontré dans un bar ou pendant votre jogging aurait donc moins de chances d'être un tueur psychopathe ?

— Je ne fais pas de jogging.

Son sourire la troublait plus que de raison. Il dut s'en apercevoir car son regard se fit plus pénétrant, glissant sur ses lèvres, puis sa nuque, avant de revenir à ses yeux. Saskia en oublia presque de respirer…

Avec son physique de dieu grec doublé d'un charme irrésistible, Nate Mackenzie devait avoir l'habitude de faire tourner les têtes. Mais elle n'était pas la première venue. Lorsqu'il effleura son mollet du sien sous la table, envoyant une onde de chaleur le long de sa jambe, elle se jeta à l'eau :

— Je ne me suis pas inscrite sur eDating pour trouver l'homme de ma vie, annonça-t-elle.

Il haussa un sourcil sceptique. Seigneur, ce qu'il pouvait être agaçant ! Peut-être avait-elle trouvé son défaut caché, tout compte fait… Plongeant une main dans son sac, elle en sortit une carte de visite, qu'elle lui brandit sous le nez.

— Je suis chercheuse statisticienne et travaille actuellement pour le site sur une infographie concernant les rencontres en ligne.

La stupéfaction dans les yeux de Nate l'emplit d'une vive satisfaction. Elle pouvait presque voir les rouages de son cerveau se mettre en branle. Allait-il la laisser en plan ? A vrai dire, elle n'avait pas envisagé cette possibilité. Et priait à présent pour que cela n'arrive pas…

Après une éternité, il empocha sa carte.

— Dire que vous m'accusiez, *moi*, d'être un éventuel tueur psychopathe !

— Je suis mathématicienne, répondit-elle. Ce n'est pas tout à fait la même chose.

— Je parlais du fait de tricher.

Saskia manqua s'étouffer. Il n'était pas seulement agaçant, mais franchement insupportable !

— J'ai indiqué que je cherchais quelqu'un à qui parler, ce qui est la pure vérité ! riposta-t-elle, agacée.

— Disons plutôt une *partie* de la vérité.

— Pas du tout. C'est vous qui avez mal interprété.

Elle croisa fermement les bras, consciente d'être sur la défensive. Difficile de rester calme à présent qu'il la jaugeait du regard, tout numéro de charme envolé. Et s'il était *vraiment* un tueur psychopathe ?…

— Mon inscription n'est pas non plus tout à fait innocente.

Malgré sa surprise, elle tenta un haussement de sourcils ironique — sans grand succès.

— Vous ne cherchez pas une partenaire pour un mariage ?

— Si. Mais des événements récents ont légèrement modifié la donne.

— Dois-je appeler mon plan de secours ?

Il eut un rire grave et sexy, qui se répercuta dans chaque cellule de son corps.

— Mon problème, dit-il, est que j'ai trois sœurs qui se croient missionnées pour trouver la femme de ma vie. J'ai donc laissé échapper que j'avais déjà une partenaire, et qu'elle et moi… sortions ensemble.

— Vous voulez dire qu'aucune femme de votre entourage n'est prête à vous accompagner ?

— Aucune qui ne soit prête *qu'à cela*.

Saskia hocha la tête. Elle le croyait volontiers.

— Ce que je cherche, c'est une femme qui accepte de se faire passer pour ma petite amie jusqu'au mariage.

Elle continua à hocher la tête, avant de s'apercevoir qu'il s'était tu et la dévisageait, attendant sa réponse.

— Pardon, vous disiez ?

— Vous voyez quelqu'un, Saskia ?

— Malgré ma mission, je ne me serais pas inscrite sur le site si c'était le cas.

— Mais vous ne cherchez pas l'amour. Et vous n'êtes pas contre le fait de voiler un peu la vérité…

Le jour se fit dans l'esprit de Saskia.

— Vous voulez que *moi*, je sois votre partenaire ? demanda-t-elle, incrédule.

— Exact.

Mille questions et hypothèses assaillirent Saskia, lui faisant regretter de ne pas avoir son bloc-notes sous la main.

— Pourquoi ne pas simplement parler à vos sœurs ? Leur expliquer le *vrai* problème ?

Etait-il l'amant amoureux d'une femme mariée ? Avait-il des difficultés sous la couette ? Une identité secrète ? Elle brûlait de savoir. Mais un léger tressautement sur la joue de Nate et sa façon de se masser la tempe la dissuadèrent de pousser l'interrogatoire. Et plus encore de le traiter de fou. Se faire passer pour sa petite amie ? Tsss, elle aurait tout entendu…

Pourtant, Nate Mackenzie n'avait pas l'air fou. Seulement au bout du rouleau. Se pouvait-il qu'il ait vraiment besoin d'elle ? Une boule se dénoua dans son ventre. Il y avait des mois qu'elle ne s'était plus sentie indispensable. Ce n'était pas parce qu'un sale type lui avait jeté sa générosité à la figure qu'elle était incapable d'en prodiguer à quelqu'un d'autre.

— Vous êtes sérieux ? reprit-elle, brisant le silence qui s'était installé entre eux.

Nate la regarda droit dans les yeux, avec une intensité qui envoya un frisson le long de sa colonne vertébrale.

— Absolument.

M. Rita arriva avec deux grandes assiettes de *bruschetta* et *calamari* grillés, le tout accompagné de salade verte.

— *Buon appetito !* lança-t-il.

— *Grazie*, répondirent-ils d'une seule voix.

Ils échangèrent un sourire. Puis Saskia inspira profondément.

— Je suis… Comment dire…

Perplexe ? Abasourdie ? A deux doigts d'accepter ?

— Disons que vous êtes très différent des hommes avec qui je sors d'habitude, conclut-elle.

— Vous n'êtes pas non plus le genre de femme que je fréquente habituellement.

Il eut un rire satisfait, comme si l'ordre naturel des choses venait d'être rétabli. Elle brûlait de lui décocher un coup de pied dans le tibia. D'ailleurs…

— Aïe !

— Désolée, dit-elle, feignant de l'avoir frappé par mégarde.

Lorsqu'il eut fini de se frotter la jambe, elle enchaîna :

— Alors, quel serait le programme ?

— Le mariage a lieu le premier samedi du printemps. Vous êtes libre ?

— Oui, je pense.

— Parfait.

Il sourit, comme si l'accord était conclu. Le pauvre… Il n'avait aucune idée de ce qui l'attendait. Elle mordit dans son *calamari*, savourant chaque bouchée avant de riposter :

— Et moi, qu'est-ce que j'y gagne ?

Il fit la grimace.

— Eh bien, oui. Vous, vous avez votre petite amie factice ; et moi ?

— Que voulez-vous ? demanda-t-il d'un ton charmeur.

— C'est simple : je veux comprendre les dessous des rencontres en ligne.

Elle ne pouvait ajouter que l'aide d'un cobaye lui ferait économiser temps et argent…

— Il n'y a rien à comprendre. C'est aussi stupide que de choisir un nom dans l'annuaire les yeux fermés. La preuve, vous êtes ma septième.

Saskia resta bouche bée.

— Vous avez demandé à *six* autres femmes de se faire passer pour votre petite amie ?

— J'ai eu six rendez-vous, rectifia-t-il. Je n'ai demandé qu'à vous.

— Il n'empêche que j'ai besoin de données personnelles pour mon étude, dit-elle, flattée malgré elle.

Nate secoua la tête, les yeux rivés aux siens.

— Vous ne voyez personne d'autre jusqu'au mariage, déclara-t-il. Idem pour moi.

— A vrai dire, j'espérais centrer mon étude sur *vous*.

Elle vit un muscle tressauter sur sa mâchoire. Quelque chose lui soufflait qu'il n'allait pas tarder à presser son pouce sur sa tempe…

— Je ne discuterai pas de mes rendez-vous avec vous, Saskia. Je tiens à ce que ma vie privée le reste.

Il semblait intraitable sur ce point. Pourtant, Saskia n'était pas inquiète. Elle savait d'expérience que les hommes adoraient parler d'eux. Elle trouverait bien un moyen de lui délier la langue. Surtout si elle disposait d'assez de temps.

Soudain, la perspective de côtoyer Nate Mackenzie pendant plusieurs semaines réveilla les papillons dans son ventre.

— Quand nous reverrons-nous ? demanda-t-elle.

Il fronça les sourcils.

— Au mariage.

— Et si quelqu'un demande comment nous nous sommes rencontrés ? Ou vous interroge sur ma famille, mes amis, mon travail ? Savez-vous ce qu'est une infographie ?

Apparemment non, à en croire son regard étonné.

— C'est un diagramme représentant diverses informations — statistiques, liens, comparaisons — sous forme d'une image colorée et facile à décrypter, expliqua-t-elle.

Après une pause, elle ajouta :

— Pour être crédible, nous avons besoin de mieux nous connaître. Laissez-moi faire. Après tout, c'est moi la chercheuse.

L'idée commençait à l'enthousiasmer. Elle lui concocterait un questionnaire à première vue banal, émaillé de quelques questions plus ciblées. Une technique de recherche classique. Il lui dirait ce qu'elle voulait savoir sans même s'en apercevoir !

— Combien de temps, à votre avis, avant que votre famille ne découvre le pot aux roses si nous ne préparons pas le terrain ? insista-t-elle, doucereuse.

Au tic nerveux sur sa joue, elle sut qu'elle le tenait.

— Prévoyons plusieurs rendez-vous d'ici au mariage, poursuivit-elle. Nous pourrions aller à la patinoire, par exemple. Ou boire un café, puisque nous adorons cela tous les deux. Il y a également l'exposition impressionniste au Musée national…

Tandis qu'elle le bombardait d'idées de lieux où il n'avait clairement aucune envie de l'emmener, son projet de recherche prenait forme dans sa tête. Cet homme détenait peut-être la clé de sa formule amoureuse. Les questions s'empilaient… à l'instar des enveloppes rouges sur son bureau.

Son excitation retomba comme un soufflé.

— Je ne peux pas accepter, lança-t-elle alors.

— Pour quelle raison ?

Une raison qui continuait à lui faire mal. Et la douleur ne disparaîtrait qu'avec cette fichue dette.

— Manque de temps.

— Deux ou trois sessions d'une heure devraient suffire.

— C'est la chose la plus romantique qu'un ex-faux petit ami m'ait jamais dite.

Il sourit, de ce sourire spontané qui découvrait sa dentition parfaite et donnait à ses yeux un éclat rieur.

— Mon métier consiste à résoudre les problèmes, Saskia. De quoi avez-vous besoin ? De temps ? d'argent ? de réponses ?

— Je ne peux pas diminuer mes heures de travail.

— Pourquoi ?

Il semblait si sincèrement désireux de savoir qu'elle décida de lui dire la vérité. Une partie, du moins.

— Je… j'ai des dettes, dit-elle, le menton fièrement levé.

Son estomac se contracta comme il prenait une longue inspiration.

— Considérez-les comme réglées.

Elle éclata de rire.

— Bien sûr. Vous allez me remplir un chèque, comme ça…

Elle s'interrompit, voyant qu'il ne riait pas.

— Vous êtes sérieux ?

— Naturellement.

— Je ne vous ai même pas encore dit combien je devais !

Il eut un haussement d'épaules suggérant que cela n'avait aucune importance.

— Voyez cela comme une négociation, mademoiselle Bloom. Vous avez une dette que je suis en mesure d'effacer et moi, un besoin urgent d'un… partenariat, dont les termes et conditions ne semblent pas vous choquer.

Tiens, tiens, c'était *mademoiselle Bloom*, à présent…

— Donc vous réglez mes dettes et je joue les petites amies dévouées ?

— Un marché honnête, non ?

La bouche de Nate s'étira en un sourire sensuel. Saskia fut envahie par une vague de chaleur.

— Ça ressemble à une version moderne du plus vieux métier du monde.

— Je ne vous demande pas de coucher avec moi.

— Il ne manquerait plus que ça ! lança-t-elle, les joues en feu.

Il rit et se laissa aller en arrière sur sa chaise, visiblement dans l'attente d'une réponse.

Saskia pesa le pour et le contre. D'un côté, un faux petit ami et un mariage. De l'autre, plus d'enveloppes rouges, plus de rappels hebdomadaires de la cruauté de Stu, le temps et les moyens de reprendre les travaux dans sa maison, le seul lieu où elle se fût jamais sentie chez elle…

— Vous changeriez d'avis si je vous disais combien je dois, objecta-t-elle.

Sans attendre sa réponse, elle annonça un chiffre astronomique. Le montant exact de la dette de Stu au centime près. Nate ne cilla pas. S'il avait pâli ou agrippé sa serviette sous le choc, les choses en seraient sans doute restées là. Mais non, aucune réaction. Soudain, sa proposition devenait plus que tentante.

Sept mois déjà. Sept mois qu'elle conduisait une épave et écumait les promotions pour acheter l'équipement indispensable à son travail. Sept mois à subir les menaces de ses créanciers, à frôler l'asphyxie financière, à fuir toute vie amoureuse… Cette dette n'était pas la sienne, mais elle était trop humiliée pour oser se défendre auprès des créanciers.

Nate la fixait toujours de ses yeux azur. Cet homme était non seulement sublime, mais aussi intelligent et fabuleusement riche. Sa requête n'avait rien de désespéré : il agissait avec le même calme que s'il traitait une transaction professionnelle. Pourquoi ne pouvait-elle en faire autant ?

— Marché conclu ? demanda-t-il.

— Je sens que je vais le regretter…

Leur poignée de main fut électrique.

— Qui sait ? Ces quelques semaines avec moi pourraient se révéler les plus belles de votre vie, conclut-il avec un sourire ravageur.

Saskia cligna des yeux face à cet assaut de charme. Elle

qui croyait l'avoir distrait avec ses histoires d'infographie, elle s'apercevait qu'il menait la danse depuis le début !

— Vous êtes bien sûr de vous.

— Blâmez mes trois sœurs. D'ailleurs, vous les rencontrerez dimanche, lors du déjeuner familial.

Le plat de résistance arriva : deux assiettes de spaghettis fumants, agrémentés d'une généreuse dose de sauce tomate maison. Mais, pour la première fois chez *Mamma Rita*, Saskia avait perdu l'appétit.

Le dîner terminé, elle insista pour payer sa part, bien que la somme que Nate s'apprêtait à lui verser rendît la démarche un brin futile.

Sur le trottoir, une brise glaciale les accueillit.

— Je vous raccompagne à votre voiture, dit Nate, une main posée dans le creux de son dos.

— Je suis venue à pied. Je vais prendre un taxi.

D'un geste autoritaire, il arrêta le premier qui passait. Saskia allait ouvrir la porte, mais il la devança et la tint ouverte. Au moment de prendre congé, elle hésita. Qu'était-on censé dire à son faux petit ami ?

— Ravi de vous avoir rencontrée, Saskia Bloom, dit-il en lui tendant la main.

Voilà qui répondait à sa question. Elle lui offrit la sienne, aussitôt happée par une poigne de fer.

— Nous verrons si le ravissement perdure, Nate Mackenzie.

Son rire grave et sexy résonna dans la nuit. Ils restèrent là, mains scellées. Deux étrangers prêts à feindre d'être plus que cela. Saskia se hissa sur la pointe des pieds pour l'embrasser sur la joue. Au même instant, Nate recula.

Le rouge lui monta au front. Seigneur, que lui avait-il pris ? Bien sûr qu'il n'attendait rien d'autre qu'une poignée de main ! Un sourire fleurit pourtant sur ses belles lèvres. Elle n'avait pas plus tôt ouvert la bouche pour se justifier qu'il l'attirait à lui.

La lumière d'un réverbère formait comme un halo autour de ses cheveux, plongeant ses yeux dans l'ombre. Il émanait de lui une froideur presque métallique. Pourtant, son corps était chaud contre le sien, comme si un feu ardent brûlait sous sa peau.

Lentement, il pencha la tête, lui offrant mille occasions de s'écarter. Mais elle savait qu'elle n'en ferait rien. Pas après sept mois avec pour seul compagnon un vieux chien ronfleur accro aux Oreo. Pas enveloppée dans ces bras puissants.

Quand les lèvres de Nate effleurèrent les siennes, elle ne résista pas. Il l'enlaça plus étroitement, embrasant son corps tout entier tandis que leur baiser se prolongeait à l'infini. Une nouvelle pression de ses lèvres lui fit entrouvrir les siennes dans un soupir lascif. Ils entremêlaient leurs langues avec fièvre. Elle se cambra, cramponnée à sa chemise. Tout la poussait vers lui, vers sa chaleur qui se propageait entre ses reins. Lorsqu'il agrippa le bas de son T-shirt, elle lâcha prise et s'abandonna pleinement au plaisir de leur baiser.

Puis Nate libéra ses lèvres, l'arrachant à l'océan de sensations grisantes sur lequel elle dérivait. Il lui fallut quelques secondes pour reprendre son souffle.

— Pourquoi cette soudaine démonstration d'affection ?

— Question de crédibilité.

Elle balaya la rue du regard. Quelques rares passants contemplaient les vitrines sans leur prêter la moindre attention.

— Le chauffeur de taxi est certainement convaincu, ironisa-t-elle.

— Moi aussi.

Abasourdie par cette réponse inattendue, elle s'humecta les lèvres. L'étreinte autour de sa taille se resserra. Elle se prépara à un nouvel assaut, mais Nate la relâcha. Le sol parut se dérober sous ses pieds. Avait-elle eu les yeux plus gros que le ventre en acceptant ce marché ?

Mains dans les poches, son faux petit ami avait repris un air impassible.

— Six semaines et un mariage, lui rappela-t-il, comme pour étouffer dans l'œuf tout espoir de plus.

« C'est vous qui m'avez embrassée ! », se retint-elle de riposter — en partie parce qu'elle avait été plus que consentante…

— Et ma dette effacée, lança-t-elle, avec le sentiment d'énoncer un mantra dont elle aurait grand besoin dans les semaines à venir.

Elle prit place dans le taxi.

— Et s'il vous prend l'envie de me parler de votre vie amoureuse virtuelle, je suis tout ouïe, ajouta-t-elle.

— Je paierais le double de ce que je vous offre pour ne *pas* en parler, rétorqua-t-il. Je vous appelle bientôt.

Comme le taxi s'éloignait, elle se retourna. Nate l'observait rêveusement, debout sur le trottoir. Un mètre quatre-vingt-dix de charme pur. Elle pressa un doigt sur ses lèvres, encore frémissantes de leur baiser.

3.

Nate s'obligea à se concentrer. Sa boîte mail ne désemplissait pas et il croulait sous le travail.

Parmi ses nouveaux clients figurait Bamford Smythe, le « type des jeux vidéo » dont Gabe avait découvert la start-up prometteuse. L'homme était un génie, hélas pédant et paranoïaque, persuadé que le monde entier cherchait à lui voler ses idées. Il venait de signer un contrat d'exclusivité avec BonAventure, il ne restait plus à Nate qu'à aplanir certains détails.

Un coup à la porte le tira de ses réflexions. Il jeta un coup d'œil à sa montre. Déjà 15 heures !

— Entrez, lança-t-il en massant sa nuque endolorie.

La porte s'ouvrit timidement et un adorable minois apparut dans l'embrasure.

— Salut.

— Saskia !

Suite à leur première rencontre, il lui avait envoyé par mail les informations classiques : âge, études, famille. Elle l'avait alors appelé, proposant qu'ils se revoient pour apprendre à mieux se connaître. La rediriger vers sa secrétaire afin de prendre rendez-vous n'avait pas suffi à la décourager…

Se replongeant dans son contrat, il lui fit signe d'entrer, sans cesser d'annoter le document.

— J'en ai pour une seconde, dit-il en levant brièvement les yeux.

Son stylo se figea lorsqu'il vit ce qu'elle portait. Un cardigan marron taille XXL, un sarouel visiblement taillé dans un sac de jute, des sandales à lacets et le même Borsalino que sur sa photo de profil. Sans oublier une écharpe interminable qui faisait trois fois le tour de son cou.

L'inquiétude commençait à le gagner. Sa famille ne s'attendait certainement pas à cette créature bohème qui semblait prête à déclamer des vers ou à gribouiller à la craie sur le sol. Où diable avait-il eu la tête ?

Puis elle sourit, et le souvenir de leur baiser lui revint en force. La douceur de ses lèvres sous les siennes ; ses soupirs de plaisir ; son lâcher-prise qui l'avait remué jusqu'au tréfonds de son être…

Il avait eu envie de l'embrasser à la seconde où il l'avait vue.

Elle balaya la pièce d'un regard curieux et repéra le sofa en cuir dans un coin du bureau. Sans façon, elle y posa son sac et se pencha pour fouiller dedans, offrant à Nate une vue imprenable sur ses fesses. Quoique menue, sa silhouette n'était pas dénuée de courbes. Il en avait eu un aperçu lorsqu'elle s'était lovée contre lui…

— Ah, voilà ! s'exclama-t-elle, un sourire radieux aux lèvres.

Il ressentit une pointe d'envie devant une telle joie de vivre. Cela lui venait si facilement ! L'autre soir, à peine avait-il effleuré sa bouche qu'elle s'était mise à trembler, les yeux pétillants…

A bien y réfléchir, cette alchimie inattendue était peut-être un atout, songea-t-il en se massant la nuque. Elle contribuerait à crédibiliser leur « couple » aux yeux de sa famille. Et puis Saskia était une femme intelligente, capable semblait-il de s'adapter à n'importe quelle situation. Pas le genre à s'accrocher ou à partir en crise de larmes — tout l'inverse de ses sœurs !

Sa tension baissa d'un cran.

Captant son regard, Saskia agita deux dossiers, qu'elle jeta sur la table basse, à côté de la coupe de fruits déposée par sa secrétaire en prévision du rendez-vous.

— Votre bureau est tellement bien rangé, déclara-t-elle en prenant place en face de lui.

Le large fauteuil de cuir, qui peinait à contenir la carrure de Gabe, donnait à Saskia l'air d'une minuscule petite fille.

— Comment faites-vous pour vous y retrouver dans tant d'ordre ?

— Tout est sa place, dit-il laconiquement.

Elle se pencha en avant et le col de son cardigan bâilla, révélant l'amorce du décolleté.

— Sur quoi travaillez-vous ?

Nate s'efforça d'ignorer la réaction viscérale de son corps — et le souvenir de celui de Saskia, tout en douceur et féminité.

— Un contrat avec une nouvelle société de jeux vidéo.

— Laquelle ?

Il hésita.

— Vous pouvez me le dire. Je les connais toutes, assura-t-elle, se méprenant sur son silence. Mathématicienne et *geek*, vous avez oublié ?

Son insistance ne fit que le conforter dans son mutisme. Un réflexe né de sa cohabitation avec quatre femmes et leur éternel besoin de parler, de poser des questions, de décortiquer chaque problème dans ses moindres détails. Plus elles réclamaient, moins il avait à offrir.

Saskia plissa les yeux.

— Vous ne me direz rien, n'est-ce pas ? Parce que c'est une information confidentielle ?

— Non.

— Que vais-je dire si on me questionne sur votre travail ? Que votre bureau est impeccable ?

Il ne put retenir un rire. Il aimait bien cette jeune femme fraîche et vive, décidément. Derrière la façade excentrique se cachait un cœur franc et sincère. Leur baiser, comprit-il soudain, avait dépassé la simple attirance qui l'avait poussé à la contacter via le site. Il avait été naturel, voulu — par l'un comme par l'autre. C'était bon signe.

— BamBam Games, lâcha-t-il enfin.

Ses yeux s'arrondirent comme des soucoupes.

— Vous êtes sérieux ? Bamford Smythe est un génie ! Cet homme va révolutionner le monde ! Ou le détruire depuis son antre secret, au choix.

— Vous le connaissez ?

— De réputation. Lissy, mon associée, a réalisé les logos de son site.

Nate ouvrit la page internet de BamBam Games sur son écran. Le visuel en était chic et stylé, nimbé d'une aura d'élégante modernité que Smythe était loin de dégager. Il comprenait mieux pourquoi, à présent.

Soudain, il s'aperçut que Saskia parlait toujours.

— … et les M & M's. Il y est complètement accro ! Bon courage avec lui.

— Hum… merci.

— Bon, je vous laisse terminer.

Elle retira son cardigan qu'elle lança sur le sofa, découvrant un simple haut en crochet. Il la suivit des yeux tandis qu'elle s'avançait vers la baie vitrée. Sa démarche était nonchalante et légèrement chaloupée. Il n'y avait aucune prétention chez elle, comme s'il ne lui venait pas à l'esprit qu'on puisse la regarder. Ou que le flot de soleil rende son fin pantalon translucide…

Sous le tissu se dessinaient deux jambes fuselées, des hanches harmonieuses et le ferme arrondi des fesses. Il serra les poings jusqu'à sentir les ongles s'enfoncer dans ses paumes. Malgré leur baiser brûlant, il n'avait aucun droit de la toucher. Cela ne faisait pas partie du marché.

Mains sur la taille à présent, elle étirait les épaules, comme pour mieux absorber la lumière. Nate prit une grande inspiration pour calmer le bouillonnement du sang dans ses veines.

— Mettons-nous au travail, dit-il d'une voix rauque.

Saskia fit volte-face, ôta son chapeau en secouant ses boucles brunes et se débarrassa de ses sandales. Puis elle se laissa tomber sur le sofa, un pied sous les fesses, l'autre enfoncé dans l'épaisse moquette blanche.

Elle semblait si… à l'aise. Personne avant elle ne s'était promené pieds nus dans son bureau. Il aimait cela.

— Par où commence-t-on ? demanda-t-elle, prenant une fraise dans la coupe.

— A vous de me le dire, mademoiselle Bloom. C'est vous qui avez sollicité cet entretien.

— « Mademoiselle Bloom », hein ? Vous êtes bien sérieux…

Son regard noisette s'attarda sur sa bouche tandis qu'elle refermait la sienne sur le fruit. Nate déglutit avec difficulté. Avec un soupir, elle prit les deux chemises reliées de cuir sur la table et lui en tendit une.

— Très chic, dit-il en s'asseyant à son tour.

— Je collectionne les fournitures de bureau.

Elle l'invita à l'ouvrir d'un geste impatient.

— Je sais, c'est plus que ce que nous étions convenus, dit-elle très vite. Rien ne m'excite comme un nouveau projet. Le papier vierge, les crayons fraîchement taillés, les possibilités infinies…

— Avant le dur retour à la réalité.

Elle eut un haussement d'épaules. Saskia, à l'évidence, était une optimiste. Envers et contre tout.

Il ouvrit son dossier. A l'intérieur se trouvaient des informations sur lui, augmentées d'innombrables détails et anecdotes, de ceux qu'on découvrait au fil des premiers rendez-vous.

— Vous avez fait des recherches sur moi ? s'exclama-t-il, sa surprise grandissant à mesure qu'il lisait.

Matières étudiées à l'école, séjours à l'étranger, amis passés et actuels, sports pratiqués, prix remportés, sans oublier la liste complète des sociétés dans lesquelles il avait investi et les liens vers ses interviews à des magazines et sites financiers.

— C'est mon métier, répondit-elle. Pas de quoi s'enthousiasmer.

— Ce n'est pas vraiment le terme que j'emploierais…

Elle se mordit la lèvre.

— J'en ai trop fait, n'est-ce pas ? Lissy dit que c'est mon syndrome du saint-bernard…

Elle imita le chien, pantelant et pattes levées. Une brusque chaleur fusa dans les veines de Nate.

— J'aime rendre service, reprit-elle d'un ton d'excuse. Tenez, si nous recommencions ? Rendez-moi ce dossier et faisons comme s'il n'avait jamais existé.

Etait-elle sérieuse ? Elle venait de lui épargner des heures de travail ! Ce qui, à ses yeux, la rapprochait de la femme idéale. Comme il levait le dossier hors de sa portée, son regard tomba sur celui qu'elle tenait. Une vive curiosité s'empara de lui.

— Faisons l'échange.

Elle parut surprise, mais fit ce qu'il demandait.

Nate ouvrit le dossier qui la concernait et passa rapidement sur les informations de base. Scolarité dans le secteur public. Etudes supérieures grâce à une bourse. Postes d'ingénieur en mathématiques appliquées dans diverses agences publiques, puis lancement de sa propre entreprise de recherches en statistiques.

Son regard s'attarda plus longuement sur la liste de ses films et livres préférés, qui brossait le portrait non plus d'une paire d'yeux fascinants surmontant une bouche sensuelle, mais d'une femme à part entière avec ses goûts et ses nuances. *Princess Bride* côtoyait *The Breakfast Club* et la série des *Alien*. Ray Bradbury, Sophie Kinsella et John Le Carré cohabitaient. Sans oublier une ribambelle d'anecdotes qui défilait à présent sous ses yeux médusés.

— Vous avez vraiment mangé des asticots vivants ? Et fait de la figuration dans *Le Hobbit* ?

Ses lèvres s'incurvèrent en un sourire.

— Ils sont meilleurs chauds, comme les marrons. Les asticots, je veux dire. Pas les Hobbit.

Il éclata de rire.

— Qui aurait cru que les statistiques pouvaient être aussi amusantes ?

Cela parut la ravir. Son visage s'éclaira et ses yeux se mirent à briller. Elle rayonnait, comme sous l'effet d'une chaude lumière intérieure. Que faudrait-il pour l'embraser tout entière ?

Bon sang, que lui arrivait-il ? Il se ressaisit et ferma le dossier.

— Mon père était professeur de mathématiques, dit Saskia. Nous vivions sur le campus, où nous passions également toutes nos vacances. Il ne sortait presque jamais. Alors je m'éclipsais discrètement pour rencontrer des gens et discuter d'autre chose que de la théorie du chaos. Il y a toujours quelque chose à apprendre, il suffit de demander. C'est pourquoi je ne dis jamais non à de nouvelles possibilités.

— Jamais ?

Cette remarque taquine lui valut un sourire effronté qui lui remua les entrailles.

— Et votre père à vous, dit-elle, comment était-il ? Vous ressemblait-il ?

— Beaucoup.

Un travailleur acharné aux yeux bleus rieurs, prenant ses responsabilités très au sérieux.

— Comment lui et votre mère se sont-ils rencontrés ?

Elle avait demandé cela d'un air innocent. Mais elle oubliait qu'il avait trois sœurs… Elle cherchait à le faire parler, ce qui expliquait ses confidences sur son propre père. Pauvre Saskia, cette ruse était peine perdue avec lui !

— Si elle ne figure pas dans le dossier, considérez cette information comme superflue.

Elle eut une moue déçue.

— Dites-moi plutôt quelque chose sur moi, lança-t-il à brûle-pourpoint.

— C'est un test ?

— Il faut bien que je vérifie ce que vous valez.

— Très bien.

Elle croisa les jambes, le regard empreint de défi.

— Ma couleur préférée ? lança-t-il.

— Le bleu.

Son regard balaya rapidement la pièce, où prédominaient les tons bleu pâle.

— Il faudrait être aveugle pour ne pas le deviner. Relevez le niveau, Mackenzie. Vous avez affaire à une pro, assura-t-elle, croisant les bras sous sa poitrine.

Ce qui accentua son décolleté…

— Animaux de compagnie ?

— Ha ! Je parie mes économies que vous n'êtes pas chez vous assez souvent pour garder un cactus vivant, encore moins un poisson rouge.

Nate réprima un sourire. Ces économies qu'elle était

prête à miser, c'était lui-même qui les avait transférées sur son compte quelques jours plus tôt. Mais une fois de plus, elle avait raison.

— Et vous ? demanda-t-il.

— J'ai un chien.

— Vraiment ?

— Vous n'aimez pas les chiens ?

— Si, du moment que je n'ai pas à les nourrir, les promener et nettoyer leurs déjections. Quel genre de chien ? Un caniche qui tient dans votre sac à main ?

— Un airedale terrier, répliqua-t-elle triomphalement. Il s'appelle Ernest. Il appartenait à un ex convaincu d'être le futur Hemingway, en réalité plus opportuniste qu'écrivain. Il m'a laissé son chien quand il s'est évanoui dans la nature avec ma télévision et ma chaîne hi-fi.

— Les avez-vous récupérées ?

Elle eut un haussement d'épaules signifiant que cela n'avait pas d'importance. Mais leur raideur disait le contraire.

— Charmant, commenta-t-il, pris d'une furieuse envie de retrouver ce sale type pour le contraindre à rendre ce qu'il avait volé.

— J'ai gardé le meilleur, conclut Saskia.

— Bon chien ?

— Il perd ses poils et attaque tout ce qui bouge pour un Oreo. Mais il ne me volera jamais ma télévision, lui.

Nate peinait à imaginer la femme qui lui faisait face amoureuse d'un homme capable d'une telle ignominie.

— Famille ? reprit-il, changeant de sujet.

— Trois sœurs, répondit Saskia sans hésiter. Une aînée et des jumelles plus jeunes.

— Le cas rêvé de tout psy…

— Je suis enfant unique. Faites la queue.

Il rit et s'installa plus confortablement. Elle l'imita, un sourire aux lèvres.

— Votre père est décédé d'une crise cardiaque peu avant votre quinzième anniversaire, poursuivit-elle. La veille, pour être exacte.

La gorge de Nate se serra. Il taisait généralement ce

détail, qu'il jugeait trop intime. Mais c'était lui qui avait abordé le sujet de sa famille… Comme elle faisait mine de poursuivre, il la découragea d'un regard. Elle se tut et se pelotonna contre les coussins.

— Mon type de femme ?

A vrai dire, c'était *elle* qui l'intéressait, et le genre d'homme qu'elle fréquentait habituellement. Combien de barbus à sandales lui tournaient-ils autour ? A moins qu'elle ne préfère les hommes d'affaires en costume ?

— Vous avez un faible pour les brunes, dit-elle, enroulant un doigt autour d'une mèche de ses cheveux.

Bruns, se dit-il. Et soyeux, et…

— Mais il y a eu aussi quelques blondes, ainsi qu'une ou deux rousses.

— Je suis pour l'égalité des chances.

Un sourire flotta sur ses lèvres.

— Aucune relation sérieuse. Du moins, pas à ma connaissance…

Son haussement de sourcils était une invitation à remplir les blancs.

— Jusqu'à maintenant, non, dit-il en guise de réponse.

Elle le regarda sans comprendre, puis s'empourpra en saisissant l'allusion.

— Quoique nous n'ayons encore rien décidé à ce sujet, reprit-il, avec l'impression que le feu sur les joues de Saskia s'était propagé à son propre corps. Est-ce sérieux entre nous ou juste une aventure ?

— Assez sérieux. Quel intérêt, sinon ?

Elle s'humecta les lèvres, et le désir fusa dans ses veines au souvenir de leur avidité sous les siennes.

— Les aventures ont aussi du bon, murmura-t-il.

— Nate ?

— Oui, Saskia ?

— Peut-être devrions-nous parler du baiser.

Parler ? Si elle voulait dire décrire leur baiser en détail, il n'y voyait aucun inconvénient. Tant qu'il n'était pas question de sentiments.

— Je vous écoute.

Elle posa les deux pieds par terre, comme pour s'assurer une certaine stabilité.

— J'aimerais que nous définissions les limites.

— Les limites ?

— Ce qu'il convient de faire et de ne pas faire.

Il ne put réprimer un sourire devant tant de sérieux.

— Nous sommes adultes, Saskia. Tant que nous obtenons chacun ce que nous voulons, les limites peuvent rester flexibles.

Elle prit une longue inspiration.

— Donc s'embrasser…

— … n'est pas à bannir. Sauf si vous le souhaitez.

Nate se surprit à redouter sa réponse. Après un long silence, elle haussa les épaules.

— Il ne faut jamais dire jamais, n'est-ce pas ?

Un curieux soulagement l'envahit.

— Tout peut donc arriver, conclut-il.

— Jusqu'au mariage.

— Oui. Exact.

Il trouvait étonnant que ce rappel soit venu d'elle. Il se rapprocha un peu plus.

— Quel intérêt de connaître nos goûts respectifs si notre alchimie n'est pas crédible ? murmura-t-il.

Elle se raidit. Sa gêne le fit sourire.

— Qu'y a-t-il de drôle ? demanda-t-elle, la voix légèrement voilée.

— Vous.

— Si l'idée de m'embrasser vous amuse à ce point, mieux vaut en rester là.

— L'idée de vous embrasser m'obsède, et je ne vois qu'un moyen d'y remédier.

Il se rapprocha encore ; leurs cuisses s'effleuraient à présent. L'odeur de la jeune femme flottait autour de lui, légère, naturelle. Le cœur battant, Nate glissa une main dans ses cheveux et l'obligea à le regarder. Ses grands yeux noisette étaient assombris par l'excitation.

Il se pencha en avant, sourit lorsqu'elle fit de même. Il pouvait sentir son souffle tiède sur son visage. Sa poitrine se soulevait et retombait en un rythme saccadé.

Lentement, il posa sa bouche sur la sienne…

Un soupir accueillit son baiser, plus doux encore qu'il ne l'avait anticipé. Et le goût de ses lèvres… A la fois unique et familier. Comment avait-il pu l'oublier ? Cramponnée à sa chemise, elle taquinait sa bouche, la goûtait, l'explorait des lèvres et de la langue. Il lui rendit la pareille, en proie à un feu d'artifice de sensations tandis que leurs langues entamaient un ballet fiévreux.

Elle l'enlaça et se plaqua contre lui, comme mue par le besoin de se rapprocher plus encore. Son corps tremblait. A moins que ce ne fût le sien ?

Impossible…

D'une main, il lui renversa la tête en arrière. Elle s'offrit à lui pleinement, sans réserve. Toute douceur avait disparu, balayée par une déferlante de plaisir torride. La bouche de Saskia était comme une drogue dont il ne pouvait plus se passer. Quand elle caressa sensuellement son mollet du pied, sa dernière once de sang-froid s'évanouit.

Délaissant ses lèvres, il parsema son cou de baisers brûlants. Sa peau avait un goût de cannelle, doux et épicé. Il aventura une main sur sa taille, puis sous le top en crochet, arrachant à la jeune femme un gémissement étouffé. A peine avait-il promené un pouce sur sa chair qu'elle se mit à onduler. Seigneur, elle était si sensible ! Un éclair de désir le traversa. L'embrasser ne suffirait pas longtemps…

La sonnerie d'un téléphone le ramena à la réalité. Ils étaient dans son bureau. N'importe quel employé pouvait entrer à tout instant.

Sans se presser, il retira sa main et quitta la bouche de Saskia, non sans avoir déposé un dernier baiser sur ses lèvres. Puis il se laissa aller contre le dossier du sofa, aussi loin que possible de cette créature étrangement envoûtante.

Elle battit des paupières, décoiffée et le souffle court.

— Eh bien, voilà une bonne chose de faite, dit-elle en croisant les jambes.

Il rit et remercia sa bonne étoile de lui avoir envoyé Saskia Bloom.

Elle passa une main dans ses cheveux, ne réussissant

qu'à les ébouriffer davantage. Chacun de ses gestes était empreint d'une sensualité provocante. Il se demanda si elle en avait conscience.

— Avons-nous terminé ?

— Pour aujourd'hui, répondit-elle en souriant.

Nate consulta sa montre. Même pas 16 heures. Une montagne de travail l'attendait. Hélas, sa capacité de concentration n'était plus vraiment optimale.

— Je vous raccompagne à l'ascenseur.

Pendant que Saskia enfilait cardigan, écharpe et chapeau, il ramassa les dossiers.

— Gardez-les, dit-elle. Ça vous fera de la lecture. Et s'il manque des informations dans votre profil, n'hésitez pas à le compléter.

Elle fronça les sourcils en le voyant presser un pouce sur sa tempe.

— Vous faites souvent ce geste. Quand vous ne vous massez pas la nuque…

Tout en parlant, elle avait ramassé ses sandales, dont elle nouait à présent les lacets autour de ses chevilles. Nate se retint de tomber à genoux pour les délacer de nouveau. Il rouvrit le dossier au hasard et tomba sur la page « Signes distinctifs ».

— Vous avez un tatouage ?

Il détailla sa silhouette gracile.

— Il serait préférable que je sache où et quoi, reprit-il.

Elle se leva et lui tourna le dos, puis tira sur le col de son cardigan, révélant un tatouage discret sur l'omoplate. Une mèche de cheveux en cachait le motif ; il l'écarta. La jeune femme frissonna à son contact. De nouveau, il eut envie de l'embrasser.

— Une rose ?

— D'après le nom de ma mère, Rosetta. Elle était espagnole.

Sa mère, qui était morte en lui donnant la vie…

Perdre son père avait été un choc terrible pour Nate. Sa vie en avait été totalement bouleversée. Mais, au moins, il lui restait sa mère, même si elle le rendait fou, parfois. Saskia, elle, n'avait plus personne.

Elle s'écarta et se recouvrit l'épaule.

— Déçu ?

— Je m'attendais à un symbole chinois quelconque…

— Aucun motard ne me tatouera du chinois avec son aiguille.

Un *motard* ? Son ébahissement dut être visible car elle éclata de rire. Soudain, il vit le courage derrière le sourire espiègle. La petite fille sans mère. La jeune femme sans père. Seule au monde. Et pourtant, elle débordait d'énergie, d'humour, d'audace. Il lui suffisait de plonger dans ses yeux noisette pour sentir la caresse du soleil sur sa peau, le vent dans ses cheveux.

— Et vous, des tatouages ?

Il cligna des yeux. Retour à la réalité.

— Non, aucun.

— Vous en voulez un ?

Elle prit un grain de raisin dans la coupe de fruits. Elle le fit rouler sur sa langue avant de mordre dedans.

— Pardon ?

— Un tatouage, répéta-t-elle, léchant le jus au coin de ses lèvres. Je connais quelqu'un qui serait ravi de manier son aiguille sur cette belle peau lisse.

— Vous trouvez que j'ai une belle peau ? demanda-t-il d'une voix rauque.

— En fait, je crois que vous devriez vous laisser un peu aller.

— Me laisser aller ? s'écria-t-il, de plus en plus étonné.

— Vous êtes si… parfait. Comme votre bureau. Même votre vie est irréprochable. Vous n'avez jamais eu la moindre contravention !

— Je les mets sur le dos de mon chauffeur.

Elle rit, de ce petit rire guttural qui mettait son sang-froid à rude épreuve.

— Pas d'ordonnance restrictive à votre encontre ?

Il resta bouche bée face à cette question incongrue.

— J'en ai trois, précisa-t-elle. Dont deux contre le même ex.

Pour la seconde fois en moins d'une heure, Nate éprouva

l'envie irrépressible de casser la gueule à un parfait inconnu. Il était grand temps de mettre un terme à cette entrevue.

— Vous n'avez pas de chance avec vos petits amis, on dirait.

— A qui le dites-vous, soupira Saskia. Il faut croire que je les attire…

— Quel genre attirez-vous ?

Elle réfléchit un instant.

— Le genre dans le besoin et que je ne peux m'empêcher d'aider, répondit-elle en prenant son sac. Enfin, je suis avec vous, maintenant.

Ils sortirent du bureau et la jeune femme sourit à sa secrétaire. Celle-ci fronça les sourcils. Nate lui fit signe de se remettre au travail. Les employés qu'ils croisaient glissaient à Saskia des regards curieux. La prenaient-ils pour sa petite amie ?

— Et vous ? demanda-t-elle comme ils s'engageaient dans le couloir. Des signes distinctifs ?

— Une marque de naissance à l'intérieur de la cuisse.

— Quelle forme ?

Son regard noisette avait glissé vers son entrejambe. Qui s'embrasa aussitôt.

— Le Texas, lança-t-il au hasard.

Son mensonge eut l'effet escompté : Saskia releva aussitôt les yeux, l'air stupéfait.

— Je plaisante, déclara-t-il. Elle n'a pas de forme précise.

— Je vais devoir vous croire sur parole…

La porte de l'ascenseur s'ouvrit et elle tendit la main. Il allait la serrer, à deux doigts d'attirer la jeune femme pour un dernier baiser, avant de comprendre qu'elle attendait sa lourde sacoche, qu'il lui avait portée.

— Souvenez-vous. Déjeuner familial dimanche prochain, dit-il lorsqu'elle fut dans la cabine.

— Nerveux ?

— Pas le moins du monde.

— Menteur !

Son sourire espiègle disparut derrière les portes de l'ascenseur.

— Alors, c'est elle, ta partenaire ?

Nate se retourna pour trouver Gabe appuyé contre le mur.

Il fila vers son bureau, peu enclin à aborder ce sujet devant les ascenseurs.

— Pas vraiment le genre que j'imaginais, commenta son associé en lui emboîtant le pas.

— Qu'est-ce qui ne va pas chez elle ?

— Rien. Au contraire. Elle semble si… normale.

Nate connaissait bien cette technique de son ami pour lui tirer les vers du nez. Mais il se laissa entraîner malgré tout.

— C'est une fille cool, drôle et franche. Il y a une telle joie de vivre chez elle !

Il la revit devant la baie vitrée, la lumière du soleil filtrant à travers ses vêtements.

— Nate aurait-il le béguin pour sa fausse petite amie ?

— Nate a surtout un contrat à peaufiner. A ce propos, tu pars à Las Vegas.

— Quoi ? s'exclama Gabe.

— Avec Bamford Smythe. C'est un fan de M & M's. Tu l'embarques dans une visite privée du M & M's World de Las Vegas et en profites pour balayer ses dernières réticences.

Il perçut le ressentiment de Gabe à se voir donner un ordre. Ils étaient associés à parts égales dans BonAventure, après tout. Mais après la défection de son ami, quelques années plus tôt, Nate n'avait jamais joué la carte de la dette à payer. Pas une seule fois. Aujourd'hui, pourtant, elle se dressait entre eux comme un mur invisible.

Gabe encaissa l'affront et s'éloigna en silence. Sentant poindre un nouveau mal de crâne, Nate pressa un pouce sur sa tempe. Il s'arrêta en prenant conscience de son geste. Même Saskia, qu'il connaissait à peine, avait perçu son stress. C'était signe qu'il avait besoin d'une pause.

Ou il ne tarderait pas à craquer…

4.

Appuyée contre la voiture de Nate — un modèle sport gris métallisé digne d'un film de James Bond —, Saskia admirait l'imposante façade de la somptueuse maison à deux étages, toute en pignons et baies vitrées derrière un magnifique chêne centenaire. L'effet était à la fois cossu et empreint de convivialité.

Voilà qui expliquait le soulagement de Nate, songea-t-elle en se remémorant sa tête lorsqu'elle l'avait rejoint. Il avait dû craindre qu'elle débarque dans sa famille en robe de chanvre ! Au lieu de quoi, elle avait opté pour un slim et un haut à volants sous une veste ajustée, complétés par des ballerines et un maquillage légèrement plus appuyé que d'ordinaire. Quant à son écharpe à froufrou, elle venait des puces, mais qu'en saurait-il ?

— Quelle demeure splendide ! s'exclama-t-elle avec un accent bourgeois très affecté.

— Mmm…

La froideur de Nate la fit frissonner. Elle se mit à sautiller sur place en agitant frénétiquement les doigts.

— Que faites-vous ? dit-il d'une voix tendue.

— J'essaie de me relaxer.

— Essayez mieux que ça.

Son sérieux la fit rire.

— Désolée, je n'ai pas l'habitude de jouer la comédie devant la famille d'un presque inconnu. Et vous ?

Sa mâchoire se crispa.

— C'est bien ce qu'il me semblait, reprit-elle avec un

sourire. Vous n'êtes guère plus convaincant dans le rôle de l'amoureux. Tenez…

Il tressaillit comme elle approchait la main de son col. Seigneur, cet homme était une véritable bombe à retardement ! Elle coula un regard vers le porche au bout de l'allée de graviers. Dans quel guêpier s'était-elle fourrée ? Trop tard pour reculer. Elle avait promis à Nate de l'aider, et c'est exactement ce qu'elle ferait. Qui sait, peut-être lui serait-il si reconnaissant qu'il accepterait de participer à sa recherche de la formule magique de l'amour ?

— Puis-je ? demanda-t-elle, la main figée à quelques centimètres de son torse.

— « Puis-je » quoi ?

— Vous avez l'air d'aller à un enterrement. Laissez-moi vous débrailler un peu.

Après une longue inspiration, il capta son regard.

— Faites.

Une vague de chaleur la submergea. Vivement, elle baissa les yeux et déboutonna le premier bouton, puis un deuxième, un troisième… Même le T-shirt était impeccablement repassé ! Comme elle en assouplissait le col de la chemise, le dos de sa main effleura le coton léger du sous-vêtement. Elle nota que le cœur de Nate battait vite. Pas étonnant, vu la mascarade qu'il s'apprêtait à jouer à sa famille…

Et le sien ? Pourquoi battait-il aussi la chamade ?

— Vous avez une bonne raison de mentir, n'est-ce pas ?

Elle leva les yeux et s'aperçut qu'il fixait ses mains avec intensité. Elle se hâta de les plonger dans ses poches.

— Est-ce pour le bien de votre famille ? Le vôtre ? La paix dans le monde ?

Il rit, son regard bleu rivé sur elle.

— Et si je vous disais que mes raisons sont beaucoup moins altruistes ?

Saskia réfléchit un instant. Au fond, quelle importance ? C'était avec lui qu'elle avait conclu un marché. Et elle voulait croire en sa bonté de cœur.

Glissant une main dans le creux de son coude, elle l'entraîna vers la maison.

— Viens, *chéri*. Allons épater ta famille.

Il sourit et dégagea son bras pour l'enrouler autour de sa taille. La chaleur de son corps viril contre le sien la troubla. Elle enlaça sa taille et ils remontèrent l'allée bordée de roses jusqu'à une imposante double porte ornée d'un heurtoir en forme de tête de lion.

— Nous sortons ensemble depuis peu, lui rappela-t-elle. Si j'ignore quelque chose, je le dis. De ton côté, essaie de me déshabiller du regard de temps en temps. Ça les convaincra.

Nate la fixa longuement sans mot dire.

— Quoi ? marmonna-t-elle, mal à l'aise. C'est parce que je t'ai tutoyé ? Nous sommes obligés, à partir de maintenant.

— Non, rien.

Sa voix était plus rauque qu'à l'ordinaire. Il se massa la nuque — un geste qu'elle commençait à bien connaître. Serrant sa main dans la sienne, elle se hissa sur la pointe des pieds et déposa un baiser sur sa joue. Sa barbe de trois jours piquait agréablement. Et cette odeur musquée qui l'étourdissait…

Un soupir dut passer ses lèvres car une lueur s'alluma dans les yeux de Nate. Il leva sa main libre et lui caressa la joue, avant de plonger les doigts dans ses cheveux. Son visage n'était plus qu'à quelques centimètres du sien. Et quel visage ! Un nez droit et noble. Des sourcils bien dessinés. Une bouche faite pour embrasser — tâche dans laquelle elle excellait… Difficile de l'oublier tandis que Nate se penchait lentement vers elle. Elle se mit à trembler de plaisir anticipé.

Au même instant, la porte s'ouvrit.

— Pas en public ! s'exclama une jolie blonde au sourire éclatant.

— Faith.

Saskia sentit les doigts de Nate se resserrer autour des siens. Il se positionna légèrement devant elle, comme pour lui servir de bouclier.

— Nate, ironisa sa jeune sœur.

Celle-ci se tourna vers Saskia.

— Et tu dois être la mystérieuse petite amie dont nous avons entendu parler. Ravie de te rencontrer.

— Saskia Bloom, enchantée, dit-elle en tendant sa main gauche.

La seule dont Nate voulût bien lui laisser l'usage. Faith la serra en riant et leur fit signe d'entrer, avant de disparaître dans un tourbillon de cheveux blonds. Saskia allait la suivre quand Nate la retint.

— Merci, lui murmura-t-il à l'oreille.

— Je n'ai encore rien fait.

— Si. Tu as déjà fait beaucoup.

Il recula d'un pas et, lentement, promena les yeux sur sa nuque, son poignet, ses cuisses.

— Allons-y, dit-il avec un clin d'œil.

Saskia manqua défaillir. Nate Mackenzie — le sublime Nate Mackenzie — venait de la déshabiller du regard ! L'espace d'une seconde, elle songea à fuir. Loin, *très* loin de lui. Mais ce n'était pas son genre. Qu'on l'insulte, la cambriole ou la néglige, jamais elle ne tournait le dos à l'adversité. C'était selon elle sa plus grande qualité. Et même si Nate Mackenzie se révélait un défi plus ardu que prévu, elle n'abandonnerait pas. En fait, il serait si impressionné par sa performance qu'il s'ouvrirait à elle. Grâce à lui, elle obtiendrait toutes les réponses nécessaires pour écrire sa formule. Pour comprendre pourquoi certains trouvaient l'amour d'un claquement de doigts et d'autres non, en dépit de leurs efforts.

Il lui suffisait de garder une longueur d'avance. De ne pas céder au désir…

Elle était là pour le travail, rien d'autre.

Saskia se targuait de s'adapter à n'importe quelle situation. Toutefois, une heure en compagnie des femmes Mackenzie avait mis son sang-froid à rude épreuve, malgré la présence des pièces rapportées masculines.

Les sœurs de Nate étaient sublimes ; sa mère, charmante. Comme lui. Elle aurait dû se douter que toutes seraient aussi perspicaces que lui. Dans chaque conversation — sur l'actualité, les amis, les séries télévisées —, elles s'ingéniaient à glisser des questions à propos d'elle, de Nate et de leur couple.

— Tu n'es pas son genre habituel, lança Faith au milieu d'un débat sur l'acteur le plus sexy de *True Blood*.

Jasmine pinça sa sœur, qui protesta bruyamment avant de sourire à Saskia.

— Ce qu'elle veut dire, c'est que vous êtes une vraie femme.

Hope leva les yeux au ciel.

— Nate a-t-il pour habitude de fréquenter des femmes imaginaires ? demanda Saskia.

Faith délaissa la marque rouge sur son bras pour lui jeter un regard soupçonneux.

— En saurais-tu plus que nous ?

Saskia soutint son regard. *Si elle savait…*

— Je ne divulguerai rien, même sous la torture.

La jeune fille éclata de rire.

— Je t'aime bien, déclara-t-elle. Bon courage avec Nate.

Saskia préférait ne pas connaître le sort réservé à ceux que Faith Mackenzie n'aimait pas.

Un peu plus tard, elle parvint à s'isoler dans un coin tranquille. Les femmes discutaient de leurs livres favoris ; les hommes regardaient un match de football. Quant aux jumeaux de Jasmine, ils avaient transformé la table en château fort.

Toute la matinée, Nate était resté en retrait, participant du bout des lèvres, se cachant derrière son café ou l'un de ses neveux, alors qu'elle observait tout ce petit monde avec émerveillement… Enfant, elle s'était souvent demandé ce que cela ferait d'avoir une grande famille. Prise dans la dynamique du groupe Mackenzie, dans leurs débats animés et leurs témoignages d'affection, elle avait éprouvé une pointe d'envie. Et, pour la première fois, de culpabilité.

Elle était du côté de Nate, quoi qu'il arrive. Mais avait-il raison d'agir comme il le faisait ? Pas sûr… Quelque chose le poussait à garder ses distances, à mentir à sa famille au lieu de se confier à elle. Et il semblait incapable de remédier au problème. A ce rythme, c'est *lui* qui deviendrait l'étranger, témoin extérieur de la vie de ses proches.

Elle le trouva dans la cuisine, loin de l'effervescence générale. Il jouait avec son téléphone, un pouce sur l'écran tactile, l'autre appuyé sur sa tempe — et pas pour la première fois de la matinée. Que n'aurait-elle donné pour chasser ses préoccupations !

— Hé, lança-t-elle depuis le seuil.

Nate tressaillit. Décidément, il ne s'écoulait pas cinq minutes sans que sa mère ou ses sœurs lui courent après ! Mais à la vue de Saskia, sa tension retomba.

— Hé.

— As-tu à ce point confiance pour me laisser seule dans l'arène ? dit-elle en souriant.

— Nous pouvons partir, si tu veux.

— Non, je m'amuse. Elles te vénèrent, tu sais.

Elle vint s'appuyer contre l'évier.

— Pauvre Nate, adoré par sa famille…

— Je te cède volontiers ma place.

Trop tard, il se rappela qu'elle était orpheline. Avant qu'il ait pu s'excuser, Faith déboula dans la cuisine.

— Ah, Nate, te voilà ! C'est l'heure du jeu.

— Pitié, pas ça…

— Quel jeu ? s'enquit Saskia.

Il tenta de la mettre en garde, mais sa sœur fut plus rapide.

— Oh ! tu vas adorer, dit-elle en lui prenant la main.

Avec un clin d'œil complice à Nate, elle entraîna Saskia dans la pièce d'à côté. Il suivit, conscient d'avoir un peu trop délaissé sa fausse fiancée.

Un brouhaha de conversations régnait dans le salon. Il profitait généralement de ces moments pour plonger dans ses pensées, loin de ce débordement d'énergie, de souvenirs, d'émotions… Des émotions si intenses qu'elles lui nouaient la gorge. Par chance, ses sœurs étaient trop accaparées par leur nouvelle victime pour se soucier de lui. Appuyé contre le chambranle, il pouvait contempler tranquillement la scène.

Hope débattait des farines sans gluten avec son amie Tanya, grossiste en aliments complets. Pauvre Tanya, si sérieuse face à Hope, laquelle savourait chaque seconde de leur joute, les yeux brillants d'excitation. Jasmine, elle, débarbouillait son dernier, qu'elle rappela à l'ordre lorsqu'il tenta de s'échapper.

Comme il compatissait avec le petit garçon…

Les femmes Mackenzie étaient fortes. Intransigeantes. Il était fier d'elles. Il n'y avait qu'à voir le chemin qu'elles avaient parcouru en vingt ans. Que seraient-elles devenues s'il n'avait pas tout fait pour qu'elles se sentent aimées et protégées ? Pour les préparer à affronter la vie ? L'effort avait creusé un vide en lui, qu'emplissaient autrefois l'amour et l'empathie.

— C'est grâce à toi, dit une voix dans son dos.

Il fit volte-face. Sa mère se tenait derrière lui, un plateau de biscuits à la main.

— C'est ta famille, fit-il remarquer.

— C'est *notre* famille, reprit-elle en lui enlaçant tendrement les épaules.

Après une pause, elle ajouta :

— J'aime bien ta petite amie.

Il eut un pâle sourire, ne sachant que répondre. Que dirait-elle si elle savait ?

— Tu sais ce que j'aime le plus chez elle ? poursuivit-elle.

Sans doute pas ce que *lui* aimait le plus…

— Elle te fait rire.

— Je ris souvent, objecta-t-il.

— Non, tu *souris*. Et ça suffit pour qu'on te pardonne tout. Te faire rire a toujours été une gageure. Mais aujourd'hui, tu sembles… détendu.

Elle tira sur le col ouvert de sa chemise.

— Ça te va bien. T'ai-je déjà dit à quel point j'étais fière de toi ?

— Il y a moins d'une demi-heure.

Elle sourit et déposa un baiser sur sa joue, avant de rejoindre les autres. Ses tempes le torturèrent de nouveau. Il éprouvait toujours une pointe d'amertume quand sa mère et ses sœurs le félicitaient. Comme si sa réussite était aussi importante pour elles que pour lui. C'est pourquoi il ne sortait qu'avec des femmes superficielles, seulement attirées par son charme et son argent.

Son regard se posa sur Saskia. Ses raisons d'être avec lui étaient encore plus simples ; alors pourquoi leur relation se révélait-elle plus complexe que prévu ? La réponse ne se fit pas attendre. Comparée à ses conquêtes habituelles, Saskia était… *réelle*.

Il serra les poings. La réalité était pénible. Douloureuse. Elle vous consumait jusqu'à la moelle. La mort prématurée de son père le lui avait appris bien assez tôt. Contraint de s'occuper seul de quatre femmes dévastées par le chagrin, il avait eu sa dose de « réel » pour toute une vie.

Et pourtant, Saskia était là, au milieu de sa famille. Réelle jusqu'au bout des ongles. Il contempla sa fine silhouette ; son air concentré devant le papier dans sa main ; la façon dont elle frottait son pied contre son mollet, comme pour faire venir l'inspiration. Faith avait donc réussi à l'embringuer dans son jeu de charades…

Soudain, elle leva vers lui des yeux suppliants. Il haussa un sourcil interrogateur, et elle agita le morceau de papier. En deux semaines, un lien télépathique semblait s'être développé entre eux. Une entente telle qu'il n'avait jamais connu avec aucune autre femme. Peut-être parce qu'il n'en avait dans leur relation ni pression ni attentes. Quelques semaines, un mariage, et ce serait terminé.

Ils le savaient tous les deux.

Les jumelles, bien sûr, flairaient quelque chose. Elles étaient trop malignes pour ne pas deviner que cette petite amie-là était différente. Ignorant leurs regards braqués sur lui, il alla s'installer au côté de Saskia. Bonne perdante, elle semblait beaucoup s'amuser. Et de fait, les vingt minutes suivantes furent les plus distrayantes qu'il ait vécues depuis longtemps.

Après le déjeuner, Nate partit à la recherche de Saskia, qui s'était volatilisée. Il la trouva dans la bibliothèque, d'où elle contemplait par la fenêtre le mari de Jasmine et ses enfants en train de jouer. Penchée sur le dossier du sofa, elle offrait sans le savoir une vue imprenable sur ses fesses galbées.

— Vous venez souvent ici, mademoiselle ?

Elle se retourna dans un sursaut et sourit.

— C'est ça, ta technique de drague ?

— Non. Je n'en ai pas besoin.

— Je n'en doute pas.

Le rouge lui monta aux joues.

— Vraiment ? susurra-t-il d'une voix rauque.

— Comme si tu ignorais que tu étais à tomber…

Cet aveu spontané fit grimper la température de Nate de plusieurs degrés. Quand leurs regards se croisèrent, l'air se chargea d'électricité.

— Quoi de neuf ? reprit Saskia, visiblement mal à l'aise.

Tiens, tiens, il la troublait. Elle n'était donc pas insensible à son charme. Peut-être cela ne voulait-il rien dire… ou peut-être que si !

Il ne restait que quatre semaines avant le mariage. D'ici là, rien ne les empêchait de s'amuser un peu.

Il fit un pas en avant. Elle cilla. Un autre, et elle recula jusqu'à se retrouver acculée contre la bibliothèque. Il plaqua une main au-dessus de son épaule. Le frisson qui agita la jeune femme et le léger soulèvement de sa poitrine décuplèrent son excitation. Quand elle tourna la tête à un bruit dans le couloir, il se pencha à son oreille.

— Laissons-les nous surprendre…

— Nous surprendre à faire quoi ?

Pour toute réponse, il lui écarta les cheveux et l'embrassa dans le cou. Son odeur délicate agit sur lui comme une décharge d'adrénaline. D'instinct, il se plaqua contre elle ; son corps doux et souple vint à sa rencontre.

— Personne ne nous regarde, souffla-t-elle en s'accrochant à ses épaules.

Il déposa un baiser au coin de ses lèvres.

— Prends-le comme un entraînement.

Elle glissa une main sur sa nuque, ondulant contre lui. Le frottement sensuel de ses hanches balaya ses dernières miettes de sang-froid. Feindre d'être attiré par Saskia était une chose. Sentir entre ses jambes la preuve que ce désir était *réel* en était une autre.

— Viens, dit-il en lui prenant la main.

Sans attendre sa réponse, il l'entraîna dans l'escalier puis le couloir de l'étage, jusqu'à son ancienne chambre. La main sur la poignée, il hésita. Depuis combien de temps n'y était-il pas entré ? Des années ? Peut-être sa mère l'avait-elle convertie en chambre d'ami — ou en dancing du troisième âge. Il espérait que non… Cette chambre avait été son refuge pendant les années les plus difficiles de sa vie.

Poussant la porte, il vacilla sous le poids des fantômes du passé. Saskia le dépassa sans cérémonie.

— Mon Dieu, c'est ta chambre ? s'exclama-t-elle en riant.

La décontraction de la jeune femme était contagieuse. La tension de Nate baissa d'un cran.

— Plus maintenant, répondit-il.

— Oh ! tu ne vis donc plus chez tes parents. Je savais que tu possédais plusieurs maisons, mais pas dans laquelle tu vivais.

— Très drôle.

Elle le gratifia d'une petite révérence et entreprit d'explorer la pièce. Les meubles de bois sombre. Le vieux couvre-lit. Le papier peint à motifs marins. Rien n'avait changé depuis son départ. Saskia caressa du doigt la voile d'une large maquette de bateau sur la commode.

— Mon père et moi l'avons construite ensemble quand j'avais onze ans.

Elle continua son petit tour, feignant de ne pas accorder trop d'importance à cette information intime.

— Habile de tes mains. Bon à savoir, commenta-t-elle simplement. Autre chose ? Pour le dossier, je veux dire.

L'intérêt de Saskia n'était pas innocent. Il le savait. Pourtant, il poursuivit :

— Les petites en bouteille, dans le salon, sont aussi de lui. C'était son passe-temps favori. Le mien aussi, autrefois.

Les yeux de la jeune femme s'emplirent de compassion.

— Oh ! Nate…

Il pressa un pouce sur sa tempe.

— Tu devrais arrêter de faire ça, dit-elle en écartant sa main.

— Ça me fait du bien.

— Trouve autre chose. Que fais-tu pour te relaxer ?

— Rien. Je travaille.

Après une hésitation, il avoua :

— Il m'arrive de pratiquer le yoga.

— Excellente initiative, approuva Saskia. Est-ce efficace ?

— Quand je me laisse aller. C'est-à-dire rarement.

— Pourquoi ?

— J'ai des responsabilités.

— Comme nous tous.

— Plus d'une centaine d'employés dépendent de moi, Saskia. Chacune de mes décisions les affecte directement, eux et leurs familles.

Il s'interrompit. Comment en était-il arrivé là ? Il avait fui ses responsabilités envers quatre personnes pour crouler sous celles d'une centaine !

— Tu as beau être leur patron, ces gens sont responsables d'eux-mêmes, objecta Saskia. T'arrive-t-il de penser un peu à toi ?

Elle promena son regard sur lui, sur ses yeux qu'il savait soulignés de cernes, ses épaules tendues à l'extrême. Prenant sa main, elle l'obligea à s'asseoir sur le lit, tandis qu'elle-même restait debout. Puis elle plongea les doigts dans ses cheveux et se mit à appliquer une douce pression sur son crâne.

La surprise le laissa muet.

— Ça me démange depuis que j'ai vu ta photo, avoua-t-elle.

Il ferma les yeux pour mieux profiter de ce massage inattendu. Un grognement de plaisir lui échappa lorsque les pouces de Saskia trouvèrent ses tempes, leur imprimant une agréable friction circulaire. Mains à plat sur le couvre-lit, il s'abandonna à la sensation.

Ils restèrent ainsi plusieurs minutes, jusqu'à ce que l'élancement sous son crâne s'atténue.

Comme elle glissait les doigts vers sa nuque, leurs genoux se heurtèrent. Il écarta les jambes afin qu'elle puisse s'approcher. Un frôlement léger de sa cuisse, et l'effet relaxant du massage céda la place à l'excitation…

Il ouvrit les paupières. Saskia était totalement absorbée, oublieuse du fait qu'elle était prisonnière entre ses jambes, ses petits seins à hauteur de ses yeux. Elle était si proche, à présent, qu'il respirait son odeur — pas celle de son savon, mais la sienne propre, son essence profonde.

Enivré, il captura sa taille. Elle tressaillit de surprise et se raccrocha à ses épaules. Leurs regards se croisèrent. Alors sa poitrine se souleva lentement, comme si elle avait toujours su que les choses en arriveraient là. Du pouce, elle dessina le contour de sa nuque. Un frisson de désir lui flanqua la chair de poule. Comment une simple caresse pouvait-elle lui faire autant d'effet ?

Il lut la capitulation dans ses yeux noisette. L'instant d'après, leurs bouches s'unissaient.

Ce fut comme une décharge électrique. Aucune tendresse dans ce baiser. Rien d'autre qu'une vague brûlante balayant tout sur son passage.

Il l'enveloppa Saskia de ses bras, buvant à ses lèvres qui s'ouvrirent sous les siennes. Son corps doux et chaud se pressait contre lui. Chaque fibre de son être vibrait, contaminée par la fièvre qu'elle lui transmettait. Jamais il n'avait ressenti pareille communion.

Mais ce n'était pas assez. Il voulait plus. Il voulait être en elle. S'enfouir dans le doux fourreau de sa féminité. Il la voulait, *elle*, avec une violence qu'il n'aurait jamais cru possible.

Comme si elle avait perçu son désir, elle le poussa en arrière et se laissa basculer avec lui sur le lit. La pointe de ses cheveux lui caressait le visage. Sa bouche était celle d'une sirène, noyant son cerveau d'exquises promesses jusqu'à ce que plus rien ne compte qu'elle.

Il roula de manière à se retrouver au-dessus. Ainsi, il pouvait la contempler tout à loisir : les boucles sombres étalées sur le couvre-lit, les lèvres roses et pulpeuses, les yeux noisette scintillant de désir.

— Je parie que je ne suis pas la première fille que tu embrasses dans cette chambre, souffla-t-elle, jouant avec ses cheveux.

Exact. Il avait d'ailleurs l'impression d'être redevenu un adolescent de dix-sept ans, fébrile, maladroit. Impatient de se perdre en elle, il remua légèrement afin de lui faire éprouver la vigueur de son désir. Elle cilla et ferma les yeux.

— Aurais-tu fait l'école buissonnière avec moi ? lui chuchota-t-il à l'oreille.

— Jamais de la vie ! J'étais une fille sage, toujours plongée dans mes livres. Mon premier baiser, c'était à la fac avec Marty Grantham. Un étudiant en chimie, major de promotion.

Nate éprouva l'envie soudaine de toucher un mot à ce Marty. Au moins, elle semblait garder un bon souvenir de lui, contrairement à ses autres ex. Il imagina l'étudiante qu'elle avait été : une chic fille, seule au monde. Un brusque besoin de la protéger le submergea.

Il n'eut pas le temps de l'analyser. Une main sur sa nuque, elle l'attira à lui et captura sa bouche.

Cramponnée à son dos, elle noua les jambes autour de sa taille, avant de glisser une main vers le renflement dur de son jean. Nate ne put retenir un gémissement rauque. Il s'appuya sur elle, savourant le contact de ses doigts sur son érection. Maîtrise, sang-froid : rien de tout cela n'avait plus d'importance. Il la voulait. *Maintenant.*

— Nate ? Tu es là ?

La voix de sa mère lui parvint trop tard.

— Oh ! fit-elle en refermant la porte.

Le brouillard qui l'enveloppait se dissipa et la réalité revint en force.

La lampe de chevet rouge sur la table de nuit.

Les jouets alignés sur l'étagère.

Le grain du couvre-lit.

Et Saskia, une main sur les yeux, tendue comme un arc.

La voix amusée de sa mère s'éleva derrière la porte :

— Jasmine s'en va. Si vous voulez lui dire au revoir…

— Dans une minute ! cria Nate.

— Entendu.

Les pas s'éloignèrent.

— Saskia, murmura-t-il, une fois certain qu'ils étaient seuls. Elle est partie.

— Ah…

— Et se cacher les yeux n'empêche pas d'être vu.

Il lui écarta la main. Dans son regard brillait la même flamme qu'avant l'interruption. Elle bougea entre ses cuisses, et le mouvement raviva aussitôt son propre désir.

En bas, Jasmine et les garçons prenaient bruyamment congé. Etouffant un juron, il libéra la jeune femme. Le lit craqua comme elle se redressait à son tour. Elle recoiffa tant bien que mal ses cheveux en bataille — ceux d'une femme après l'amour.

Il se reprit *in extremis*. Dieu merci, ils n'étaient pas allés au-delà d'un simple baiser ! Si ce qu'ils faisaient avant l'arrivée de sa mère pouvait être considéré comme tel…

— Tu crois qu'elles sont convaincues ? demanda Saskia.

A son intonation, il comprit que la situation ne la faisait pas rire. La pauvre semblait totalement sous le choc. Il s'assit à côté d'elle, en ayant soin de ne pas la toucher. Trop risqué.

— Ce n'était pas de la comédie, avoua-t-il.

— Je sais.

— Vraiment ? dit-il en replaçant une mèche de cheveux derrière son oreille.

Saskia le dévisagea en silence. Il se sentit jaugé, tout à coup. Pour lui qui n'était jamais pris en défaut, la sensation était étrange.

— J'avais très envie de t'embrasser, dit-elle enfin.

— Et j'avais très envie que tu m'embrasses.

— C'est l'impression que j'ai eue.

— Tiens donc…

Il ne put réprimer un sourire. La tension dans ses épaules diminua sensiblement. Soudain, il comprenait combien il avait eu peur d'avoir tout gâché. Il tenait vraiment à ce que les choses continuent entre eux.

Du moins, jusqu'au mariage.

— Se peloter dans ma chambre ne faisait pas partie du marché, dit-il.

— Simple renégociation.

Il éclata de rire.

— Vous êtes redoutable, mademoiselle Bloom. Que diriez-vous de travailler pour moi ?

— Non, merci. J'aime être la patronne, répliqua-t-elle, du tac au tac.

La première fois qu'il l'avait vue, avec son chapeau et ses grands yeux de biche, jamais il n'aurait imaginé qu'ils puissent avoir le moindre point commun. Mais plus il la connaissait, plus il découvrait qu'ils se ressemblaient : têtus, déterminés, maîtres de leur vie.

Egaux à plus d'un titre.

D'une détente féline, elle sauta en bas du lit et lui tendit une main, qu'il serra dans la sienne.

— Allons affronter les fauves. Le plus tôt sera le mieux.

— Vous n'êtes pas une femme ordinaire, Saskia Bloom…

Elle eut un sourire espiègle.

— Vous feriez bien de ne pas l'oublier, Nate Mackenzie.

5.

— Tu as fait *quoi* ?

Lissy avait haussé la voix pour se faire entendre par-dessus la musique live — une reprise grunge d'une chanson de Doris Day par le groupe du bar dans lequel elles buvaient un verre.

— Je l'ai embrassé, répéta Saskia.

— Encore ? Je croyais que c'était déjà arrivé devant le taxi. Et dans son bureau.

— J'ai récidivé. Dans sa chambre d'ado, au milieu des gants de base-ball et des maquettes de bateau…

— Eh bien, tu ne t'embêtes pas !

— Il y a pire : quand sa mère est entrée, ma main était sur sa… son… bref, tu comprends !

Lissy se tint les côtes de rire.

— C'est à peine si nous avons échangé un mot au retour, ajouta Saskia. Il m'a raccompagnée à ma porte, embrassée sur la joue, et il est parti.

— Et toi qui m'accuses d'aimer les relations tordues, lança son amie en faisant un effort visible pour recouvrer son sérieux. Sur ce coup-là, tu remportes la palme.

— Il n'y a rien de tordu, protesta-t-elle. C'est une simple renégociation des termes de notre accord.

— Et un de ces jours, je trouverai une cravate accrochée à l'extérieur de la porte d'entrée pour me faire comprendre qu'il y a un homme à la maison !

— Non ! Enfin… nous n'en avons pas discuté.

— Chérie, j'ai vu sa photo, il n'y a pas à discuter : s'il veut coucher avec toi, fonce et profite !

Saskia fronça les sourcils. Foncer sur Nate Mackenzie ?

Profiter de Nate Mackenzie ? Elle secoua la tête pour chasser les images qui lui venaient à l'esprit, en vain. Il ne s'était pas passé un jour depuis leur rencontre sans qu'elle pense à lui.

— En rester là était la meilleure chose à faire, déclara-t-elle fermement.

Lissy ouvrit des yeux ébahis.

— Mais pourquoi ?

— C'est compliqué.

— Au contraire, c'est on ne peut plus simple ! Vous vous embrassez, enlevez vos vêtements et il…

— C'est provisoire ! l'interrompit précipitamment Saskia.

Trop tard : dans son imagination, Nate était nu, la peau luisante de sueur.

— Une aventure est toujours provisoire, dit Lissy d'un ton docte. Jusqu'au jour où elle devient sérieuse.

— Pas avec Nate. Il est comme la porte d'un coffre-fort, tentante mais impossible à forcer.

— Frappe plus fort ; ou ruse. Il y a un trésor derrière cette porte. Et puis tu l'apprécies, non ? Quand tu l'embrasses, tu ne fais pas semblant.

Son amie avait raison. Elle aimait embrasser Nate car il était doué ; elle aimait jouer à être sa petite amie car c'était divertissant. Mais surtout, elle l'aimait bien, *lui*. Comment en serait-il autrement ? Chaque défense qu'elle réussissait à abattre révélait un homme formidable. Et plus meurtri que ne le laissait entrevoir son apparente perfection…

— Waouh ! Pas étonnant que tu te sois jetée sur lui !

Lissy fixait un point au-dessus de son épaule. Lentement, Saskia se retourna pour tomber sur… Nate !

Il fendait la foule avec aisance, distribuant les sourires autour de lui. A moins d'une singulière coïncidence, c'était elle qu'il cherchait.

— Que fait-il ici ? demanda Lissy.

— Aucune idée. J'ai bien mentionné que je serais là ce soir, mais ce n'était pas une invitation.

— Eh bien, il est venu quand même. Et pas seul.

Plusieurs personnes l'entouraient, toutes plus sexy les unes que les autres, clairement décontenancées par les vieux sofas dépareillés, les panneaux et affiches *vintage*, l'ambiance bruyante et détendue.

Saskia sentit les battements de son cœur s'accélérer. Elle passa une main dans ses cheveux, qui bouclaient comme jamais. A coup sûr, son mascara avait coulé. Bonjour les yeux de panda…

A cet instant, le regard de Nate croisa le sien. Elle lui fit signe et un sourire fleurit sur ses lèvres, différent de celui dont il gratifiait les autres. Plus doux. Plus intime. Rien que pour elle. « Je connais cet homme, pensa-t-elle avec émerveillement. Je l'ai embrassé ! » Et elle mourait d'envie de recommencer. Lissy avait raison : elle ne faisait plus semblant.

Comme il atteignait sa table, elle se leva et le détailla discrètement. Costume impeccable, pas une mèche de travers, et toujours cette bouche sensuelle et ces yeux bleu azur…

— Magnifique !

Seigneur, elle avait parlé tout haut ! Nate partit d'un grand rire, comme si ce genre de choses ne l'étonnait plus de sa part. La honte ! Heureusement, une toux exagérée détourna l'attention et dissipa sa gêne. Lissy attendait d'être présentée en battant fébrilement des cils.

— Nate, voici Lissy Carmichael, mon amie et associée. Lissy, Nate Mackenzie.

— Le cobaye de l'amour en personne ! s'exclama Lissy en serrant longuement la main de Nate.

Maudite Lissy ! Elle aurait pu l'étrangler ! Mais elle s'efforça de faire bonne figure.

— C'est toujours mieux qu'un rat de laboratoire, dit-elle avec un sourire d'excuse.

Nate s'esclaffa, ce qui la rassura un peu. Lissy rassise, il s'approcha d'elle.

— Sacrée gaffeuse, ton amie, non ? lui chuchota-t-il à l'oreille.

— Tu n'as pas idée.

A l'approche de ses amis, il posa une main dans le creux de son dos. Un frisson la parcourut. Il dut le sentir, et apprécier, car ses doigts encerclèrent sa taille.

— Saskia Bloom, voici Gabe Hamilton, mon ami et associé également.

Elle leva les yeux, les leva un peu plus, et serra la main du géant qui lui faisait face.

— Enchanté, dit-il d'une voix de stentor.

Il attira à lui une magnifique blonde.

— Et voici Paige, ma fiancée.

— Puis nous avons Mae et Clint, poursuivit Nate. C'est à eux que nous devons d'être ensemble, ma chère Saskia. Ils se marient dans quelques jours.

Saskia les invita à s'asseoir et ils tirèrent plusieurs poufs autour de la table basse. Clint avait à peine pris place que Mae passa commande.

— Après le dîner que nous avons eu, j'ai bien besoin d'un cocktail ! dit-elle en riant.

Saskia avait l'impression que toute la scène se déroulait dans un brouillard confus. Seule la main de Nate dans son dos lui semblait réelle.

— Et, bien sûr, tu connais Bamford, ajouta-t-il.

Cela eut le mérite de la faire réagir. Elle n'avait pas remarqué le magnat du jeu vidéo en marge du groupe, un homme d'apparence négligée, occupé à trier des M & M's par couleur dans sa paume avant de les gober.

— Je ne l'ai jamais rencontré, souffla-t-elle du coin des lèvres.

Nate ouvrit des yeux stupéfaits.

— Mais tu m'as dit que…

— J'ai dit que Lissy avait travaillé pour lui, le coupa-t-elle. Et qu'elle l'avait trouvé insupportable.

Nate se frotta la nuque d'un geste ennuyé qui la fit sourire.

— Que fait-il ici ? demanda-t-elle.

— Nous fêtons la signature du contrat entre BonAventure et BamBam Games, expliqua-t-il. C'est d'ailleurs à toi que nous la devons.

— A *moi* ?

— Sa visite de M & M's World l'a convaincu.

— Fantastique ! Ai-je droit à une commission ?

Lorsque les yeux bleus de Nate se rivèrent aux siens, les bons vieux papillons se réveillèrent dans son ventre.

— Mieux, dit-il avec un sourire en coin. Tu as le droit d'aider un ami à surmonter cette soirée sans étrangler personne.

Un *ami*... L'idée lui plaisait. Elle ne pouvait nier son attirance pour Nate, mais un lien d'amitié était préférable aux sentiments que suscitait sa main posée sur sa hanche.

— Le dîner a été cauchemardesque, poursuivit-il. Bamford n'a pas arrêté de se plaindre. C'est un miracle que le chef ne se soit pas jeté sur lui avec un couteau de cuisine ! Tu es mon dernier espoir de rattraper cette soirée.

Saskia lui lança un regard signifiant qu'il lui en devait une, avant de se tourner vers Bamford Smythe.

— Je suis Saskia Bloom, de SassyStats. Mon associée a travaillé pour vous l'année dernière. C'est un honneur de vous rencontrer.

Bamford Smythe cilla, comme s'il débarquait d'une autre planète. Ses yeux se posèrent sur Lissy, qui remuait sur une reprise rock de *Dancing Queen*, et ne la quittèrent plus.

— C'est elle qui a réalisé le graphisme de votre site Web, dit Saskia d'une voix forte.

Son amie leva la tête ; elle manqua de s'étrangler avec son cocktail en voyant à qui elle s'adressait. Une étincelle que Saskia connaissait bien s'alluma dans ses yeux verts. Smythe était notoirement casse-pieds mais, dans leurs cercles professionnels, c'était un dieu. Et sous son air négligé, il était plutôt pas mal.

Lissy fit rouler sensuellement sa paille entre ses lèvres. Cinq secondes plus tard, elle était collée au génie de l'informatique. Saskia décocha à Nate un sourire triomphant.

— Alors ?

— Tu me sauves la vie, murmura-t-il. Une fois de plus.

— C'est un don, chez moi.

Il resserra légèrement son étreinte.

— Je te rendrai la pareille un de ces jours.

Saskia déglutit. Elle avait presque oublié leur marché. Ce n'était ni le désir ni l'amitié qui les rapprochait, mais un fragile accord de quelques jours.

— Inutile, dit-elle avec détachement. J'aime aider. Mon côté saint-bernard, tu as oublié ?

Quand Nate lui indiqua d'un signe de tête complice un coin plus tranquille, elle n'hésita pourtant pas avant d'acquiescer.

Lorsqu'elle eut récupéré toutes ses affaires : bonnet, écharpe, petite veste militaire si pratique avec ses multiples poches, elle s'éclipsa du groupe et suivit Nate vers le comptoir.

— Tu bois quelque chose ?

— Oui, merci.

Elle se percha sur un tabouret et sortit son porte-monnaie.

— C'est moi qui offre, protesta-t-il.

A son tour de lui rappeler leur accord, songea-t-elle par pur esprit de revanche.

— Pas la peine. Grâce à toi, j'ai de l'argent à jeter par les fenêtres.

— Ça ne m'empêche pas de t'offrir un verre. J'insiste.

Saskia fléchit. Ce n'était pas la première fois qu'un homme faisait mine d'insister. Mais Nate paraissait sincère, et cette sincérité la flattait. Elle capitula d'un hochement de tête.

Nate fit signe au barman et lui commanda deux bières fraîches.

— En échange, je t'autorise à prendre des notes, reprit-il. « Les techniques secrètes de Nate lors d'un rendez-vous ».

— Oh ! c'est un *rendez-vous*, maintenant ?

— A toi de me le dire.

Elle ouvrit la bouche… et resta muette. L'intensité du regard de Nate, sa proximité, sa chaleur lui ôtaient toute repartie. Elle but une gorgée de bière pour se donner une contenance.

— Sympa, cet endroit. Il y a une bonne énergie, reprit Nate avec un sourire charmeur.

— Ce bar est ma deuxième maison. Ils font les meilleures frites du monde et leur café est divin.

— Seul bémol…

— La musique ? conclut-elle à sa place.

Ils écoutèrent les borborygmes dissonants censés être une reprise d'ABBA.

— C’est ironique, je crois, suggéra-t-elle.

— C’est un massacre, corrigea Nate.

Elle éclata de rire.

— Les clients sont habitués. Ils se révolteraient si la musique changeait.

Elle avala une autre gorgée de bière, et les yeux de Nate suivirent son mouvement et se posèrent sur sa bouche. En même temps, il tapotait des doigts sur le bar, comme s’il hésitait à lui faire une confession.

— Merci d’avoir rencontré ma famille, dit-il enfin.

— Est-elle convaincue ?

— Convaincue que je ne te mérite pas.

— Pas étonnant, ironisa-t-elle. Je suis adorable, quand je veux.

Le regard de Nate se brouilla.

— Tu es adorable même sans le vouloir.

— Nate…

Avertissement ou supplique ? Elle n’était plus sûre de rien. Lentement, il vint se placer devant elle, de sorte qu’elle se retrouva prise au piège entre lui et le bar. La chaleur de son corps si proche mettait au supplice ses terminaisons nerveuses.

« Plus de renégociation », se rappela-t-elle fermement. Ils étaient amis, point. Le trésor derrière la porte blindée était tout simplement trop pour elle. Mais toutes ses résolutions s’envolèrent lorsqu’il se pencha vers elle, ses lèvres à quelques millimètres des siennes.

— J’ai besoin de t’embrasser, Saskia. Maintenant.

Il joignit le geste à la parole, comme si sa vie en dépendait. Un torrent de volupté l’emporta. Elle s’accrocha à sa veste, s’abandonnant à leur baiser. Il l’attira à lui, l’obligeant à se lever, et lui mordilla sensuellement le lobe de l’oreille. Elle aurait défailli s’il ne l’avait plaquée plus étroitement contre son corps. L’ardeur de son érection lui arracha un gémissement étouffé.

— J’ai menti, chuchota-t-il. Je ne suis pas venu à cause de Bamford. Depuis le week-end dernier, tu occupes toutes mes pensées. Il y a ce feu en toi, et il suffit que je te touche pour qu’il m’embrase tout entier.

Il prit son visage entre ses mains, les yeux rivés aux siens.

— J'ai envie de toi. Et je sais que c'est réciproque. Allons ailleurs.

Saskia fondit sous son regard de braise. Oui, elle le désirait. De tout son corps et de toute son âme. Mais une petite voix la mettait en garde. Il la voulait maintenant, et après ? Nate n'était pas le genre d'homme qui passerait des nuits blanches à se demander comment vivre sans elle. Or une relation sans lendemain avec lui la détruirait, elle le pressentait.

Comme il se penchait pour l'embrasser de nouveau, elle posa une main sur son torse.

— Je ne crois pas que ce soit raisonnable.

— Pourquoi être raisonnables ?

Ses yeux bleus brillaient de désir. Lui résister tournait à l'épreuve de force.

— Tu parles à une mathématicienne. La raison est ma meilleure amie. Et je crois que nous devrions l'écouter.

Nate, loin de s'écarter, se pressa un peu plus contre elle. Son odeur épicée l'étourdissait et lui embrouillait les idées. Elle avait affirmé un jour ne jamais dire jamais. La vérité était qu'elle ne savait pas dire non. Et elle en avait rarement eu si peu envie. Mais l'instinct de préservation prit le dessus.

— Rien de tout ça n'est réel, murmura-t-elle.

— Tu es on ne peut plus réelle pour moi, objecta Nate.

— Tes amis sont-ils au courant ?

Il la regarda comme si elle divaguait. Alors qu'elle se sentait enfin lucide, pour la première fois de la soirée.

— Quelle importance ?

— Tu n'as pas répondu.

Il détourna les yeux.

— Gabe sait que nous jouons la comédie.

— Et qu'en dit-il ?

Elle lut la détresse dans ses prunelles bleues.

— Il me traite d'idiot. Il a changé depuis qu'il est en couple.

Avec un juron, il s'écarta.

— Paige est-elle aussi au courant ?

— Sans doute.

— Mae et Clint ?

— Où est le problème ? s'emporta Nate. Je ne compte pas leur annoncer officiellement que nous couchons ensemble, si c'est ce qui t'inquiète.

— Non, ce n'est pas ça. C'est mieux que tes amis soient au courant. Lissy l'est aussi et elle pense comme Gabe. Tu comprends, maintenant ? En allant plus loin, nous perdrions de vue la vérité.

Saskia effleura son torse, le sentit se soulever contre sa paume et retira prestement la main. Nate la transperça du regard.

— Et si nous ne faisions pas semblant ?

— Ecoute…

— Sortons ensemble, insista-t-il. Pour de vrai. Nous avons dîné dehors. Tu as rencontré ma famille. Quel est le troisième rendez-vous dont rêvent toutes les femmes ? Un week-end à Paris ? Une partie de paint-ball ?

— Je ne suis pas « toutes les femmes ».

— En effet.

Il avait l'air si sérieux ! Exaspéré et très excité aussi, mais c'était son sérieux qui lui plaisait le plus. Jamais elle n'avait éprouvé pareille attirance pour un homme.

— Nous sortons ensemble. Nous finissons au lit. Et après ? dit-elle avec douceur.

Il fronça les sourcils, l'air perdu. Elle leva une main lorsqu'il fit mine d'intervenir.

— En théorie, tout semblait si simple, reprit-elle. Fréquenter un type sexy pendant quelques semaines, faire semblant. Mais ce que je veux, c'est rencontrer un homme et sortir *vraiment* avec lui, être présentée à sa famille, me marier, avoir des enfants.

Nate pâlit.

— Et voilà, soupira-t-elle. Typique.

— Pardon ?

— Tu as l'air sur le point de t'évanouir.

— C'est compréhensible, non ? Tu es à deux doigts de vouloir me passer la bague au doigt ! Exactement le genre de guêpier que je voulais éviter.

— Merci !

Malgré la colère qui vibrait en elle, le regard sombre que lui décocha Nate l'émoustilla. Bon sang, qu'est-ce qui n'allait pas chez elle ?

— Réponds-moi franchement : tu n'as pas envie de te marier ? Pas avec moi, se hâta-t-elle d'ajouter en le voyant blêmir. Mais… un jour ?

— Si je réponds « oui », tu me suivras chez moi ?

S'il croyait détourner la conversation, il se fourrait le doigt dans l'œil.

— As-tu déjà éprouvé un tel sentiment pour quelqu'un ? insista-t-elle.

Son regard se fit glacial. Saskia avait sa réponse. Sous les caresses brûlantes se cachait un roc. Rien ni personne n'approchait Nate Mackenzie.

Elle avait passé sa vie à faire en sorte qu'on l'aime, sans jamais être sûre du résultat. Lissy avait raison : elle répétait le même schéma, encore et encore. Stu était le dernier en date. Il s'était servi d'elle et elle avait fermé les yeux, trop heureuse d'avoir quelqu'un dans sa vie. Il lui avait fait tant de mal…

Or elle avait décidé que cela n'arriverait plus jamais. Et si cette décision signifiait cuirasser son cœur contre cet homme sublime dont les baisers la bouleversaient, alors tant pis.

— Je t'aime bien, Nate. Et j'ai déjà assez de regrets comme ça. Quand cette histoire sera finie, j'aimerais en garder un bon souvenir.

Il l'écoutait. Attentivement. Elle devait lui donner ce crédit, à défaut de son corps — ou de son cœur…

— Moi aussi, je t'aime bien, admit-il avec effort. Mais j'ai mes raisons de ne pas vouloir m'engager dans cette voie-là.

— Lesquelles ?

Un sourire étira ses lèvres, sans atteindre ses yeux toutefois.

— Mon Dieu, les femmes et leur éternel besoin de parler…

Elle sourit à son tour. Au fond, cette discussion était une bonne chose. Elle leur permettait d'établir des limites claires. Ils seraient amis, désormais. Etrange, le vide que cette perspective laissait en elle…

— Et maintenant ? demanda-t-il.

— On s'en tient au plan initial.

Elle lui tendit la main.

— Marché conclu ?

Il tourna vers elle un regard torturé. C'était sans doute la première fois qu'une femme se refusait à lui.

— Marché conclu, bougonna-t-il en lui serrant la main.

Une onde de chaleur la traversa. Nate aussi, elle le savait. Mais il ne tenta rien.

— Laisse-moi au moins te raccompagner chez toi.

— Nous deux seuls dans un taxi ? Comment crois-tu que ça va se finir ?

Il hocha la tête et vida d'une traite le reste de sa bière. Puis il la déshabilla une dernière fois du regard et s'en alla.

Saskia s'affala sans forces sur son tabouret. Elle avait gagné la bataille.

Alors pourquoi avait-elle l'impression d'avoir tout perdu ?

Profitant d'un feu rouge, Nate alluma la radio. Ses pensées revinrent à la soirée et aux heures passées à jouer à l'hôte parfait pour son nouveau client. Cela n'aurait dû lui coûter aucun effort. Quelle fête orchestrée par BonAventure n'était pas entrée dans la légende ? Mais ce soir, Gabe n'avait eu d'yeux que pour Paige, délaissant leur invité d'honneur. Les deux amis avaient failli en venir aux mains, alors même que Bamford passait la meilleure soirée de sa vie en compagnie de Lissy !

Le feu passa au vert. Nate klaxonna furieusement le conducteur devant lui, qui mettait un temps fou à démarrer. Il le doubla à la première occasion, dans un grondement de moteur assourdissant.

Il fallait vraiment qu'il se calme. A ce rythme, il risquait de se brouiller avec son meilleur ami ou de balancer à un client ses quatre vérités. Pire : de s'inscrire pour de bon sur un site de rencontres ! Après un virage serré, il leva le pied de l'accélérateur.

Pourquoi ne pas commencer doucement ? Prendre un jour de congé. Aller à la pêche. Enfant, il adorait pêcher avec son père et profiter de la nature. Quand avait-il ressenti semblable contentement pour la dernière fois ? L'année de ses douze ans ? Il était grand temps d'y remédier.

Mais pas en allant pêcher.

C'était avec Saskia qu'il voulait lâcher prise. Contre un mur, à l'arrière d'une voiture : peu importait, du moment qu'elle était nue entre ses bras. Saskia, qui gémissait de plaisir quand il l'embrassait dans le cou…

Et qui l'avait repoussé ce soir.

Ses doigts se crispèrent sur le volant. Pourquoi diable ne pas profiter de leur alchimie sexuelle ? Cela le dépassait. La fin programmée de leur relation aurait dû rendre cette décision parfaitement naturelle.

Il tourna dans sa rue, où s'alignaient de fastueuses demeures derrière des grilles imposantes, et actionna la télécommande ouvrant celle de chez lui. Après avoir remonté l'allée, il se gara devant le perron. Et s'obligea à réfléchir.

Renoncer au premier obstacle n'était pas son genre. Tout comme une soudaine envie d'aller pêcher ne signifiait pas qu'il mollissait.

Plus que trois semaines jusqu'au mariage. Cela lui laissait un peu de temps pour amadouer Saskia. Il lui montrerait qu'un homme et une femme pouvaient s'apprécier à la ville tout en s'éclatant au lit, sans que cela signifie autre chose que du bon temps.

S'il échouait, il ne mériterait tout simplement plus le titre de meilleur négociateur du pays…

6.

Une semaine sans nouvelles de Nate…

Saskia se rappela que c'était un homme occupé. Elle-même gardait volontairement ses distances. A moins que ce ne fût l'inverse ?

La dette de Stu réglée — quelle libération d'enterrer cette histoire sordide ! —, elle avait enfin pu reprendre les travaux chez elle. Meubles, peinture, équipement, carrelage… elle était comme une petite fille que l'on aurait lâchée dans une chocolaterie ! Sa maison respirait le neuf, pour son plus grand bonheur.

Malgré l'arrivée imminente du printemps, une pluie serrée battait ses carreaux. Typique de Melbourne… Au moins, ce temps lui donnait une excuse pour allumer un feu dans sa nouvelle cheminée. Une musique douce s'échappait des haut-parleurs dernier cri, deux adorables lampes vitrail projetaient un éclairage tamisé.

Comme elle contemplait le résultat, à la fois vintage et fonctionnel, une boule se forma dans sa gorge. Rien de tout cela n'aurait été possible sans Nate. Elle lui en serait éternellement reconnaissante. Pas une journée ne passait sans qu'elle se demande où il était et ce qu'il faisait. Quant aux rêves érotiques qui hantaient son sommeil… ils finiraient bien par s'estomper. Il le fallait.

Elle enfilait son tablier de travail quand son portable vibra. Un message de Lissy :

Chinois ou indien ?

Son amie avait passé la journée à travailler à l'extérieur sur le site Web d'un client et apportait le dîner.

> Ce qui se marie le mieux avec l'odeur de peinture.
> Indien, donc. A tout à l'heure !

Comme elle avait profité de l'absence de Lissy pour repeindre la chambre, elle allait enfin pouvoir accrocher son joli cadre, posé contre le mur depuis des mois ! Mètre et crayon en main, elle mesura horizontalement, puis verticalement, traça un point et recula pour imaginer l'effet. Une vive satisfaction l'envahit. La symétrie était une chose magique. Le yin et le yang. L'équilibre. Dans l'art, bien sûr, mais aussi en amour. Elle avait toujours été l'élément actif dans ses relations, attirée par des hommes volontiers passifs. C'était logique. Du moins l'avait-elle cru jusqu'à Stu.

La dépouiller avait été une démarche remarquablement active de sa part. Tout comme laisser une note insultante en évidence sur sa table. En dix courtes lignes et autant de fautes d'orthographe, il lui avait jeté à la figure tout ce qu'elle avait fait pour lui : « castratrice », « autoritaire », « invivable », c'est ainsi qu'il l'avait décrite, alors qu'elle n'avait cherché qu'à l'aider, persuadée de satisfaire ses besoins. Persuadée qu'il l'*aimerait* pour cela. S'il lui avait seulement parlé, expliqué, demandé de l'air…

Tous ses petits amis avaient-ils eu la même image d'elle ? Celle d'une femme inflexible, étouffante, trop habituée à se débrouiller seule pour se remettre en question ?

Un coup frappé à la porte la tira de ses réflexions.

Elle retira son tablier et courut se laver les mains, tentant au passage de discipliner ses boucles folles. Sans succès. Puis elle alla ouvrir…

… et resta bouche bée.

Nate se tenait sur le seuil, barbe de trois jours et cheveux luisants de gouttes de pluie. Son T-shirt mouillé collait à son torse athlétique. Un jean usé et un sweater complétaient sa tenue, soulignant ses larges épaules et des cuisses admirablement dessinées.

C'était la première fois que Saskia le voyait en tenue décontractée. Cela le rendait plus sexy encore. Plus accessible. Son cœur se mit à battre la chamade.

Ernest la dépassa brusquement et fit la fête à son visiteur.

— Doucement, dit Nate en riant.

— Ernest ! s'écria Saskia, prête à le saisir par le collier.

Mais Nate s'était déjà accroupi et grattait le chien derrière les oreilles.

— Il a dû flairer ceci, dit-il en lui lançant un paquet bleu, qu'elle rattrapa au vol.

Elle fixa le paquet d'Oreo, puis Ernest, extatique sous les caresses de Nate.

— Une de tes techniques de drague ?

— Je suis un homme plein de surprises.

En effet… Cachant sa stupéfaction, elle claqua des doigts.

— Ça suffit, Ernest ! Tu en as assez profité.

Le chien lécha une dernière fois la main de Nate avant de regagner le salon.

— Je ne te savais pas si autoritaire…

Elle tressaillit à ce mot, qui faisait si désagréablement écho à ceux de Stu.

— C'est le meilleur moyen d'être obéie, répliqua-t-elle sèchement.

Puis elle reprit d'un ton radouci :

— Que me vaut le plaisir ?

Nate se releva, extirpant un dossier de son sweater.

— Je me suis décidé à compléter mon profil. J'ai pensé que tu aimerais y jeter un coup d'œil.

Surprise, elle prit mécaniquement le dossier qu'il lui tendait.

— Maintenant ? parvint-elle à articuler.

— Sauf si tu es occupée.

Il jeta un coup d'œil par-dessus son épaule, et Saskia s'aperçut qu'elle bloquait la porte comme si elle avait affaire à un représentant de commerce.

— Non, entre.

Son odeur épicée l'enveloppa aussitôt. Elle revit son regard la dernière fois qu'ils s'étaient quittés, qui disait qu'il avait dû faire appel à tout son sang-froid pour ne pas l'emmener de force…

— Café ? demanda-t-elle.

— Pourquoi pas.

Elle l'invita à le suivre. Le petit clic de la porte d'entrée la troubla malgré elle.

— Alors, qu'est-ce qui t'a décidé à faire le grand saut ?

— J'avais du temps libre.

— *Toi ?* s'exclama-t-elle en riant. En voilà une révolution !

Dans la cuisine, elle alluma sa machine à expresso et sortit deux tasses, ainsi qu'une brique de lait. Comme elle refermait la porte du frigo, elle sursauta. Nate se tenait juste derrière. Il approcha une main de son visage, les yeux rivés sur elle. Soudain, elle était de nouveau dans le bar, le cœur battant, la respiration saccadée. Aurait-elle la force de le repousser une seconde fois ?

— Tu as de la peinture dans les cheveux.

Oh…

— Je rénove, marmonna-t-elle, avant de se précipiter sous le robinet de l'évier.

Bon sang, elle devait à tout prix se reprendre ! Nate avait accepté de garder ses distances. Il ne faisait que remplir sa part du marché. Et s'il avait pris la peine de se déplacer pour lui remettre le dossier, c'était uniquement pour lui « rendre la pareille », comme il l'avait promis après qu'elle l'eut tiré d'affaire en présentant Lissy à Bamford Smythe.

Relevant la tête de l'évier, elle le surprit à contempler les nouveaux placards de bois et les murs turquoise aux carreaux de faïence rouges.

— Tout est neuf ?

— D'il y a trois jours, dit-elle en aplatissant ses cheveux mouillés.

— Ça sent la peinture.

— Ça, c'était ce matin.

— Tu veux dire que ça fait trois jours que des entrepreneurs défilent chez toi ?

— Non, j'ai tout fait moi-même.

— Seule ?

— A part l'installation électrique, oui. Tu ne crains donc rien.

Sauf peut-être qu'elle lui saute dessus, songea soudain Saskia. Leur promiscuité, dans sa minuscule cuisine, commençait à lui monter à la tête.

— Les travaux étaient en suspens depuis le départ de mon ex avec toutes mes affaires, reprit-elle. Du coup, je me suis un peu lâchée.

— Je croyais que c'était seulement la télévision ?

Le regard de Nate la cloua sur place.

— Et l'équipement audio, admit-elle.

— Et… ?

Elle se mordit la lèvre. Elle brûlait de l'envoyer paître, de lui montrer ses seins, n'importe quoi pourvu qu'il change de sujet. Mais il avait ce regard soucieux. Protecteur. Un regard qui ne laissait rien présager de bon pour Stu s'il venait à le croiser. Et puis, il y avait le dossier qu'il avait pris le temps de compléter…

Elle prit une profonde inspiration.

— Et mes ordinateurs, mes livres, mes CD et DVD, la machine à café, le grille-pain, les meubles. Il a vidé mon compte en banque et volé toutes mes chaussures. Un voisin l'a vu charger le tout dans un camion et a cru que nous déménagions. En échange, il m'a laissé Ernest, ainsi qu'une facture de téléphone exorbitante. Oh ! et il a encastré son camion dans l'avant de ma voiture.

Une délicieuse odeur de café flottait dans la cuisine. Elle éteignit la machine et saisit les deux tasses. Lorsqu'elle se retourna, Nate était appuyé contre la table, les pouces enfoncés dans la ceinture de son jean d'une façon qui mettait en valeur son anatomie.

— D'où la dette ?

— Exact, dit-elle en détournant les yeux.

— As-tu retrouvé cette ordure ?

— Stu ? Non ! Je n'ai même pas essayé.

Ses mots lui avaient fait trop de mal.

— Mais tout va bien, à présent, se hâta-t-elle d'ajouter.

J'ai un boulot génial, un toit sur ma tête et un homme riche pour m'entretenir. Que demander de plus ?

Le rire de Nate lui envoya des vibrations exquises dans la poitrine. Vivement, elle lui tendit sa tasse, saisit le dossier et entraîna son visiteur dans le salon.

Etait-ce elle ou faisait-il vraiment chaud ? L'atmosphère était étouffante. A cause du feu, sans doute…

— La maison était inhabitable quand je l'ai achetée. Le papier peint tombait des murs, le plafond était plein de trous et le sol de la salle de bains rongé par la moisissure. Tout était à refaire.

— Mais rien ne t'excite plus qu'un nouveau projet, observa Nate.

Ses propres mots, à la syllabe près… Saskia se sermonna intérieurement. Nate était un charmeur. Il pouvait la complimenter sur son intérieur ou suivre ses conseils vestimentaires, cela ne signifiait pas qu'il était devenu prêt à s'engager. Leurs attentes étaient tout bonnement irréconciliables.

Il la rejoignit au centre de la pièce.

— Une femme bricoleuse… Impressionnant.

Il se tenait si proche qu'elle pouvait sentir l'odeur de la pluie sur ses vêtements. Sa chaleur éclipsait celle du feu, l'enveloppant comme un doux manteau. Avait-il conscience de l'effet qu'il produisait sur elle ? Pour couper court à cette situation explosive, Saskia escorta son faux fiancé vers le bureau, où régnait une fraîcheur bienvenue.

Au centre de la pièce trônait une large table de bois couverte de taches de peinture et de marques de stylo. Le fauteuil et l'ordinateur de Saskia en occupaient un côté, envahi par des piles instables de feuilles parsemées de Post-it multicolores. Un capharnaüm pour un œil extérieur, mais elle savait exactement où chaque chose se trouvait. Le coin de Lissy, lui, était impeccablement rangé.

Les murs se déclinaient dans les tons crème, avec des étagères encastrées remplies de paniers de rangement en rotin. Des sièges étaient à la disposition des visiteurs, agrémentés de coussins colorés, et un joli bouquet de branches ornait un coin de la pièce. Sans oublier un exemplaire écorné de *Catch 22* en évidence dans sa bibliothèque.

— Sympa, dit Nate. J'aime particulièrement l'éclairage.

— Tu parais bien intéressé par mes rénovations…

Les yeux de Nate prirent un éclat rieur.

— Les bureaux de BonAventure ont été redécorés il y a quelques années. Le même décorateur s'est occupé de mon appartement. Hélas, je lui ai donné carte blanche. Résultat, mon appartement ressemble à un pavillon de chasse rococo. Une chance que j'aie dirigé les travaux dans nos bureaux !

— Nate Mackenzie, décorateur d'intérieur ? ironisa Saskia.

— Gabe a bien ri.

— Gabe est un homme, un vrai.

Elle détailla furtivement son visiteur de la tête aux pieds. Cheveux en bataille, vêtements froissés, chaussures éraflées : jamais il ne lui avait paru aussi viril. Une étrange sensation l'envahit, aussi délicieuse qu'intimidante. Elle l'ignora et indiqua un siège à Nate.

— Travail d'abord, dîner ensuite ?

— Travail ?

— Le dossier. Tu es venu pour ça, non ?

Nate regarda le siège comme s'il mordait, avant de se décider à s'asseoir.

Saskia l'imita, un pied calé sous les fesses. Parfait. Plonger en « mode travail » l'aiderait à oublier la troublante proximité de Nate. Après avoir chaussé ses lunettes, elle ouvrit le dossier.

— Qu'est-ce que c'est que ça ? demanda-t-il.

— Des lunettes de lecture.

— Volées à ton grand-père ?

— Elles sont vintage, rectifia-t-elle, parcourant le profil.

— Et ça ? l'interrompit Nate.

Avec un soupir, elle ôta ses lunettes et se tourna vers son écran, lequel affichait un rectangle rose intitulé : *Le rêve électronique : trouver l'amour à l'ère du numérique* en police cursive.

— L'infographie sur laquelle je travaille. Le squelette, du moins.

— Pourquoi le rose ?

— C'est une couleur romantique. Sais-tu qu'un célibataire sur cinq a testé les rencontres en ligne ? Moins d'un pour cent pense que le cinéma est une bonne idée de premier rendez-vous. Cinquante pour cent des femmes préfèrent un dîner et estiment que c'est à l'homme d'inviter.

— Tu as refusé de me laisser payer.

— Je ne suis pas comme les autres. Tiens…

Elle fouilla dans une pile et en extirpa un bloc-notes qu'elle lui tendit. Nate rapprocha son siège, si près que leurs genoux se frôlèrent. Un courant électrique la traversa. Elle l'observa parcourir les pages des yeux, sur lesquelles défilaient des mots-clés tels que *sexe*, *amour*, *mensonges*, *tueur psychopathe*, *plan B*…

— Ce sont les détails intimes qui transforment une étude statistique barbante en quelque chose qui interpelle les gens, dit-elle, poussant un stylo vers lui. Par exemple, qu'est-ce qui t'attire en premier chez une femme ? Ses jambes ?

Il pâlit.

— Ses yeux, alors ? Ses orteils ? Pas les grosses poitrines, puisque tu m'as choisie. Quelque chose de moins tangible, peut-être ? Une sorte d'alchimie ?

Ses yeux bleus la transpercèrent de part en part. Elle regretta aussitôt d'avoir joué avec le feu. Lentement, il reposa le bloc-notes sur la table.

— Tu tiens vraiment à savoir ce que j'aime ?

— Je t'écoute.

— J'aime boire un verre, sans chichis ni pression. J'aime les soirées où je peux parler à d'autres femmes en cas d'incompatibilité avec mon rendez-vous. J'aime la nuit et les promesses qu'elle recèle.

— C'est un peu… triste.

— Tu voulais savoir.

Les jambes de Nate emplissaient l'espace sous le bureau, réduisant la liberté de mouvement de Saskia. Elle se recroquevilla un peu plus dans son fauteuil.

— Passons à une autre question : qu'espères-tu quand tu rencontres une femme ? Et je ne parle pas de la nuit à venir, précisa-t-elle. A moyen terme, disons.

La mâchoire de Nate se crispa. Un mur infranchissable semblait l'isoler et l'empêcher de créer des liens. Plus que de se laisser aller, c'était de se libérer qu'il avait besoin.

— Est-ce pour ton étude ? demanda-t-il.

— Non. Simple curiosité.

— Pourquoi ?

— Mais parce que c'est dans la nature humaine ! s'exclama-t-elle avec feu. Le grand impératif biologique ! N'as-tu jamais eu envie de revendiquer une femme comme tienne ?

Le regard de Nate s'assombrit. Il se pencha en avant, coudes sur les genoux, ses yeux bleus rivés aux siens.

— Ce que je vais te dire est un secret.

Elle hocha la tête, une main sur la souris pour se donner contenance.

— Après la mort de mon père, j'ai passé six longues années à m'occuper de quatre femmes aussi émotives qu'exigeantes, à affronter leurs caprices et répondre à leurs besoins. L'expérience m'a ôté toute envie de me marier. J'aime ma famille et j'aime les femmes, certaines plus que d'autres. Mais mon indépendance passe avant tout.

— Merci, murmura Saskia, avec l'impression que mille aiguilles lui transperçaient la peau.

— A ton tour. Pourquoi tiens-tu tant à savoir ce que je veux ?

— C'est moi qui pose les questions.

— Tu penses être le chef ?

— Toujours.

Un sourire fendit son visage, creusant deux fossettes sexy sur ses joues.

— Moi aussi, susurra-t-il. Alors que fait-on ?

Elle déglutit avec difficulté.

— Tu es un type bien, Nate. Mais ton rapport aux femmes laisse à désirer. Je peux peut-être t'aider…

— Tu veux savoir ce dont j'ai besoin ?

Saskia retint son souffle. Avait-il la moindre idée de ce qu'il venait de dire ? Ce dont il avait *besoin*, lui et tous les autres : toute sa vie, elle avait cherché la réponse à cette question, en vain. Et voilà qu'il la lui offrait sur un plateau d'argent !

Elle acquiesça, consciente de s'engager sur un terrain glissant.

— J'ai pris ma journée, annonça-t-il. C'est la première fois en sept ans.

Une étrange déception envahit Saskia.

— Et qu'est-ce qui t'a décidé ?

— Toi.

Elle ouvrit des yeux stupéfaits.

— Tu n'arrêtes pas de me dire de me détendre, expliqua Nate. J'ai bien pensé à aller pêcher, mais il faisait si froid que j'ai préféré venir te voir. Et faire ça.

Il plongea les doigts dans ses cheveux et enroula une mèche autour de son index.

— Et ça.

Du pouce, il traça le contour de sa gorge.

— Et ça.

Sa main glissa le long de son épaule, entraînant l'encolure du pull. Saskia frissonna de plaisir au contact de ses doigts sur sa peau. Soudain, il tira vers lui le fauteuil dans lequel elle était assise, de sorte qu'elle se retrouva entre ses cuisses. L'excitation montait en elle, en même temps que s'écroulaient ses dernières défenses.

— Embrasse-moi.

Saskia ne se fit pas prier. Déjà, elle était sur ses genoux, sa bouche sur celle de Nate. Pas de lente exploration, cette fois. Leurs langues et leurs souffles se mêlaient avec avidité. La tension sexuelle entre eux devenait palpable.

Après un dernier baiser, Nate libéra ses lèvres et appuya le front contre le sien.

— Avons-nous terminé ? s'enquit-il d'une voix rauque.

— Terminé quoi ?

— Je n'ai pas envie de parler d'autres femmes.

— Je n'ai pas envie d'écouter, murmura-t-elle.

— Tant mieux.

Lestement, il la souleva dans ses bras. Saskia poussa un cri de surprise et se raccrocha à son cou, si fort que ses doigts laissèrent une marque. Une lueur dangereuse s'alluma dans les yeux de Nate.

— Si tu ne me retiens pas, je balaie tout sur ce bureau…

— Non !

Les ordinateurs étaient de location, et jamais elle ne réussirait à remettre de l'ordre dans ses notes.

— Ma chambre, dit-elle dans un souffle.

Comme ils passaient la porte, elle se ravisa.

— Non, attends ! Je viens de la repeindre.

— Saskia…

Son ton pressant la dissuada de tergiverser davantage. S'échappant de ses bras, elle le poussa contre le mur du couloir et lui arracha sweater et T-shirt. Son excitation redoubla à la vue des muscles sculptés, parsemés d'un duvet cuivré qui disparaissait vers le renflement suggestif du jean.

N'y tenant plus, elle pressa les paumes sur son torse pour en explorer chaque méplat. Puis ses lèvres prirent le relais et elle goûta sa peau nue, savourant sa chaleur, descendant toujours plus bas.

Comme elle atteignait la ceinture, un cri de surprise lui échappa. En un tournemain, il l'avait retournée et plaquée à son tour contre le mur, avec une telle force que les cadres récemment accrochés oscillèrent dangereusement. Une main près de sa tête, l'autre sur ses fesses, il s'appuya de tout son poids contre elle. Aucun doute quant à ses intentions : il la voulait sienne.

Un désir tout aussi intense la submergea. Glissant une main sur sa nuque, elle se haussa sur la pointe des pieds et l'embrassa avec fougue.

— Comment fais-tu pour être aussi douce ? souffla-t-il contre son cou.

— Savon au lait de chèvre. Un luxe qu'on ne trouve qu'aux monts Dandenong. Mais le résultat en vaut la peine. Tu devrais essayer.

— J'y compte bien.

Joignant le geste à la parole, il caressa du bout de la langue le creux de sa clavicule. Une onde de plaisir courut dans ses veines, si vive qu'elle vacilla. Nate glissa un genou entre les siens, la clouant fermement au mur, puis lui retira son pull. Ses yeux s'agrandirent devant le haut de Bikini rose.

— Tu fais construire une piscine ? dit-il en promenant un pouce le long du bord en Lycra.

Un délicieux frisson la parcourut.

— Jour de lessive…

Sa peau nue était hérissée par la chair de poule. Nate y posa les lèvres et entreprit d'en embrasser chaque centimètre carré, jusqu'à ce qu'elle fonde littéralement sous ses baisers. Ses mains expertes exploraient les courbes de son corps, avec une révérence qui l'élevait au rang de déesse. Jamais elle ne s'était sentie aussi désirée.

Soudain, son soutien-gorge tomba ; Nate plongea la tête entre ses seins. Ses dents se refermèrent sur un téton, qu'il se mit à sucer langoureusement. Elle s'agrippa à ses cheveux, chavirée. Le plaisir était tel qu'il frôlait le supplice.

Mais Nate ne lui laissait aucun répit. A genoux à présent, il couvrait son ventre de baisers brûlants, titillait de la langue le creux de son nombril, lui mordillait la hanche. Des zones érogènes dont elle ignorait jusqu'à l'existence palpitaient sous les attouchements de plus en plus osés de son compagnon.

Lentement, il roula son épais collant le long de ses jambes, en même temps que son bas de Bikini. Puis il se redressa, caressant ses cuisses au passage, avant de capturer ses fesses dans ses paumes. Une boule de désir s'enflamma en elle. Alors seulement, elle s'aperçut qu'il était nu. Et prêt.

Tellement prêt…

A son tour, elle lui agrippa les fesses, se délectant de leur dureté. Comment avait-elle pu le trouver inaccessible ? Sa virilité plaquée contre son ventre était en tout cas bien réelle !

Il lui souleva une jambe, qu'il noua autour de sa taille. Sa puissante érection frottait à présent contre son sexe offert. D'instinct, le corps de Saskia vint à sa rencontre, s'ouvrit à lui, comme s'il attendait cette union depuis toujours.

Oh oui…

Elle avait besoin de le sentir en elle, *maintenant* ! Elle l'enserra plus étroitement. Le regard de Nate happa le sien, sombre, brûlant. Interrogateur. Comme s'il attendait son feu vert. Pour toute réponse, elle l'embrassa à pleine bouche.

Alors il s'immisça en elle, avec une réserve qui la rendit folle. Elle l'encouragea d'un soupir et il la pénétra enfin profondément, presque trop. Le plaisir la cueillit, si extrême qu'elle dut s'arracher à ses baisers pour reprendre son souffle.

Elle ferma les yeux tandis qu'il allait et venait en elle. Rien d'autre ne comptait que l'océan de pures sensations où elle flottait. C'était plus qu'elle ne pouvait endurer, et en même temps tout ce qu'elle avait toujours voulu. Soudain, le monde se figea, tout entier concentré en un seul point vertigineux. Elle aurait voulu que cet instant dure éternellement.

Dans une ultime onde de choc qui irradia tout son être, elle cria sa jouissance.

Nate recueillit son cri de ses lèvres, en un baiser si tendre qu'elle en fut bouleversée. Comme si elle chutait dans une spirale sans fin, alors même qu'il la clouait au mur d'un dernier coup de reins et jouissait à son tour.

Chancelante, elle se cramponna à lui, les ongles plantés dans sa chair. Il la reposa au sol et se retira en douceur, comme si elle était une chose fragile et non la femme à qui il venait de faire sauvagement l'amour contre un mur…

Mains sur ses hanches. Front contre le sien. Tout semblait si *réel*. Lui. Leur relation. Ses sentiments.

La réalité reprit brusquement ses droits. C'était ce qu'elle voulait, *elle*, pas Nate. Il chérissait trop son indépendance pour laisser qui que ce soit s'occuper de lui. Hélas, elle ne savait rien faire d'autre…

— Voilà une renégociation radicale, ironisa-t-elle.

Allait-elle trop loin ? L'avait-elle blessé en minimisant ce qu'il venait de se passer pour ne pas lui faire peur ? Le rire de son amant balaya ses doutes.

— Pourquoi ne l'avons-nous pas fait plus tôt ?

— Je crois que nous essayions d'être *raisonnables*…

Il ramassa ses vêtements éparpillés sur le sol.

— Salle de bains ?

— Deuxième porte à gauche.

Après un dernier baiser, il s'éloigna dans le couloir. Saskia le suivit des yeux, hypnotisée. Il était la beauté faite homme — un homme frustrant, un danger pour toute femme qui croisait son chemin. Avait-elle commis une erreur ?

Il se retourna et son sourire radieux lui transperça la poitrine. A peine disparaissait-il dans la salle de bains qu'elle se laissa glisser contre le mur. Craquer sur Nate en secret, soit ; échanger quelques baisers, c'était flirter avec le danger. Mais ce qu'il venait de se passer… Cette explosion de désir, ce besoin viscéral de posséder et d'être possédée…

Non. Il était encore trop tôt pour l'analyser. Son corps tout entier en frémissait encore !

Elle entendit la pendulette du salon tinter sept fois. *Lissy !*

Son amie serait là d'une minute à l'autre. Elle devait à tout prix la prévenir ! Elle se rappela qu'elle était nue comme un ver. Et bien sûr, son téléphone n'était nulle part en vue. Sur une inspiration, elle ramassa son haut de Bikini, entrouvrit la porte d'entrée et l'accrocha à la poignée extérieure, avant de refermer. Ce n'était pas une cravate, mais cela ferait l'affaire.

Elle se retourna et tomba nez à nez avec Ernest.

— Tu as tout vu, pas vrai ? dit-elle en lui grattant les oreilles.

Il lui donna un coup de langue affectueux.

— Oui, il a apporté des Oreo. Ça ne durera pas, tu sais. Mais rien ne nous empêche d'en profiter un peu.

Un bruit de jet d'eau lui parvint de la salle de bains. La nouvelle douche était si difficile à régler. En parfaite hôtesse, elle se devait de montrer à son visiteur comment l'utiliser…

7.

Saskia patientait dans le hall d'accueil des bureaux d'eDating. Murs de verre dépoli, épaisse moquette blanche, tableaux aux cadres dorés : tout contribuait à créer une atmosphère moderne et feutrée, égayée par des bouquets de fleurs disposés çà et là.

Les entreprises en ligne, comme SassyStats, étaient le plus souvent gérées à domicile. Mais pas celle-ci. Les bureaux du site de rencontres occupaient le dernier étage d'un superbe édifice ancien dans le quartier le plus chic de Melbourne. A l'évidence, le marché de l'amour était extrêmement lucratif…

— Saskia ? Je suis Marlee Kent.

Une femme en tailleur chic venait d'apparaître. Avec son carré noir plongeant et son maquillage élaboré, difficile de lui donner un âge. La cinquantaine, peut-être ?

Saskia serra la main que la femme lui tendait et la suivit dans un bureau au mobilier élégant. Sur la table de travail trônaient deux vases de verre, l'un rempli de cœurs en chocolat, l'autre de préservatifs.

Marlee l'invita à s'asseoir et lui servit un café.

— Ainsi, vous avez rejoint le site ? dit-elle.

— Oui, admit Saskia, sortant son bloc-notes. Il y a quelques semaines.

— Et qu'en pensez-vous ?

— C'est très complet. Le rêve de toute chercheuse.

La P.-D.G. ébaucha un sourire.

— Avez-vous rencontré quelqu'un ?

— Pardon ?

Nate était passé la voir quelques heures plus tôt pour un

« petit déjeuner amélioré ». Elle se demanda si cela se lisait sur son visage…

— Vous parliez d'un cas d'étude dans votre mail.

— Oh… oui. Son point de vue m'a été très utile.

— Je vois.

Le sourire de Marlee suggérait qu'elle voyait même très bien.

— J'ai donc rempli mon contrat, poursuivit cette dernière.

— Ce n'est pas ce que vous croyez ! protesta Saskia, les joues en feu. Il s'agit d'un simple accord, mutuellement satisfaisant. En aucun cas d'une relation amoureuse.

Après le départ de Nate, le premier soir, elle avait rouvert son dossier. Son cœur battait la chamade tant elle brûlait de découvrir ses secrets. Mais le profil ne contenait que quelques nouveaux détails insignifiants, tels que le nom de son joueur de foot préféré et l'adresse du meilleur pressing de la ville. Alors qu'elle avait cru lui faire passer une étape, il s'était contenté de noyer le poisson.

Nate était un homme charmant, sexy en diable. Une caresse de lui et elle se liquéfiait. Mais après quelques nuits torrides entre ses bras, elle n'était pas plus proche de percer son armure qu'au premier jour.

— Qu'attendez-vous de moi, Saskia ?

La voix de Marlee la tira de sa rêverie.

— Oh ! Eh bien… toutes les données sont triées, dit-elle en s'éclaircissant la gorge. Nombre d'inscrits, âge, profil, les statistiques habituelles. Mais j'aimerais une approche plus audacieuse. J'avais d'abord pensé à une formule…

Elle s'interrompit. Son idée était tombée à l'eau. Pour l'instant, car peut-être y reviendrait-elle un jour, en s'appuyant sur sa propre expérience.

— A présent, je m'interroge sur les mensonges des inscrits.

— Tels que… ?

— Age, poids, centres d'intérêt, expériences… Ils mentent sur tout ! Comment peut-on espérer être aimé pour soi-même si l'on est malhonnête ?

— Vous êtes une romantique.

— Pas vous ?

Le rire de Marlee résonna avec un éclat cristallin.

— Embellir la vérité est dans la nature humaine, déclara-t-elle. Je me maquille, porte des talons hauts, ris à des plaisanteries affligeantes… Nous nous créons une identité extérieure pour masquer nos faiblesses car, au fond, nous désirons toutes séduire l'homme parfait.

Saskia baissa les yeux sur son bloc-notes, sans rien écrire. Ce qu'affirmait Marlee était logique. Elle-même en était pourtant un contre-exemple parfait : il suffisait de voir ses anciens petits amis. Se pouvait-il qu'elle aussi luttât contre le « grand impératif biologique », comme elle l'avait reproché à Nate ? Il est vrai que pour l'avoir testé, elle comprenait mieux l'attrait de l'homme parfait…

— Il serait donc naturel de mentir ? conclut-elle, chassant Nate de son esprit. Même quand on cherche l'amour ?

Marlee joignit les mains sous son menton et la regarda droit dans les yeux.

— Et vous, Saskia ? Cherchez-vous l'amour ?

— Moi ? Oui, bien sûr. Enfin, pas en ce moment. Mes précédentes relations n'ont pas marché, pour diverses raisons…

Le cambriolage de sa maison par Stu figurait en bonne place sur la liste.

— Mais je serais ravie de trouver l'amour, ajouta-t-elle. Qui ne le serait pas ?

Marlee haussa les épaules.

— Certains le cherchent désespérément, d'autres le fuient comme la peste. Vous, Saskia, me laissez perplexe. Vous avez une jolie silhouette, une crinière splendide, des yeux qui, avec un peu de maquillage, seraient hypnotiques, et vous gâchez ce potentiel sous d'horribles frusques — pardonnez ma franchise. Croyez-moi, vous ne renvoyez aucun des signaux féminins habituels.

Saskia eut l'impression d'avoir reçu une gifle. Marlee ne mâchait pas ses mots, c'était le moins que l'on puisse dire.

— Qu'est-ce que l'amour, pour vous ? reprit la chef d'entreprise.

Saskia ouvrit la bouche, mais aucun son n'en sortit. A vrai dire, elle n'en avait pas la moindre idée.

— Mentir n'est rien, reprit Marlee. Le problème est d'ignorer ce que l'on désire vraiment.

Cette nouvelle hypothèse l'ébranla.

— Votre amoureux sait-il ce que vous ressentez pour lui ?

— Mon *quoi* ? s'exclama-t-elle, rouge de confusion.

— C'est mon métier, précisa Marlee. Mentez-moi si vous voulez, mais ne vous mentez pas à vous-même.

Saskia ferma les yeux et inspira profondément.

— Comment faire ? demanda-t-elle d'une petite voix.

— Cessez de réfléchir. Oubliez-vous. Suivez votre cœur.

— Qui est la romantique, à présent ?

Lorsqu'elle prit congé de Marlee Kent, elle avait le cerveau en ébullition. Cette conversation serait une véritable mine d'or pour son infographie. Nombre des observations de Marlee y trouveraient leur place. Quant au reste…

Aimer et être aimée. C'était cela qu'elle désirait. Elle le savait depuis toujours, l'avait *ressenti* avant de le comprendre. Sans doute parce qu'elle avait grandi dans l'indifférence de la seule famille qui lui restait…

Qu'est-ce que l'amour ? Cette question, elle avait tenté d'y répondre en suivant une approche mathématique — sa spécialité. Elle avait donc jeté son dévolu sur des hommes dont le caractère complétait le sien. Elle était énergique, organisée, autoritaire, et secrètement terrifiée de ne jamais être aimée. D'où son attirance pour des minables, qui tous n'avaient fait que la conforter dans ses craintes et ses certitudes.

« Suivez votre cœur », avait dit Marlee.

Arrivée à sa voiture, elle enfonça la clé dans la serrure. Le déverrouillage à distance ne fonctionnait plus depuis que Stu avait embouti le véhicule. Il fallait encore donner un solide coup de hanche dans la portière pour l'ouvrir.

« Oubliez-vous. »

Elle avait essayé. Vraiment. Après la fuite de Stu, elle avait même accompagné Lissy à un cours de yoga, qui l'avait laissée plus perplexe que détendue. Mais la blessure était trop vive. L'amour aurait pu lui passer devant avec un panneau clignotant, elle ne l'aurait pas vu.

Aujourd'hui, les choses étaient différentes. Elle respirait

de nouveau financièrement. Bientôt, elle pourrait se remettre à sortir. Rencontrer des gens. Peut-être s'accorderait-elle une chance, cette fois-ci. Avec un peu moins d'appréhension, et un tout petit peu plus de foi…

Après le mariage. Après Nate.

Elle tourna la clé de contact, sans pour autant démarrer.

Marlee lui avait conseillé de ne pas se mentir, et la vérité était qu'elle brûlait de retrouver Nate. C'était un sentiment étrange, presque… un besoin.

Ses doigts tremblaient en composant le numéro de Nate.

— Saskia, répondit-il après la première sonnerie.

Sa voix profonde fit courir un frisson sur sa peau. Leur relation était purement sexuelle, se rappela-t-elle. Un accord mutuellement satisfaisant.

— Je peux passer, ce soir ?

Silence au bout de la ligne.

— Depuis que tu m'as décrit ton appartement, j'imagine une tête de cerf au-dessus de ton lit, reprit-elle. Ne pas savoir m'empêche de dormir.

— Je m'en voudrais d'être la cause de tes nuits blanches, répondit Nate. On dit 20 heures ?

— Parfait.

— Apporte ton pyjama.

— Alors il y a un léger problème.

— Lequel ?

— Je n'en porte jamais.

Saskia effleura du doigt la marque de naissance sur la cuisse de Nate.

— C'est vrai qu'on dirait le Texas…

— Elle n'a pas de forme, objecta Nate.

Il rajusta sa position dans la baignoire, sans pour autant cesser de lui caresser les pieds, posés nonchalamment sur ses épaules. Elle soupira d'aise, bercée par l'eau chaude et la voix feutrée de Nat King Cole s'échappant d'enceintes high-tech. Le plaisir était encore si vif en elle qu'elle ne grimaçait plus devant l'horrible fausse tête de rhinocéros accrochée au mur.

— A moins d'être contorsionniste ou très habile avec un miroir, tu ne peux pas le savoir, dit-elle.

— Des sources féminines me l'ont confirmé.

— Tiens, tiens… Tes sœurs t'auraient-elles déculotté de force ?

Elle lui décocha son sourire le plus narquois.

— Non, dit-il d'une voix suave. Je suis bien trop malin.

Avant qu'elle ait pu réagir, il lui tira brusquement les jambes et lui fit boire la tasse. Lorsqu'elle émergea, il l'attira à lui, l'obligeant à le chevaucher.

— Très malin, en effet, Nate Mackenzie.

Elle enleva la mousse de ses cheveux et les torsada sur son épaule. Son amant était comme hypnotisé, le regard rivé au filet d'eau coulant sur ses seins.

— Comment est-ce, de grandir avec trois sœurs ? demanda-t-elle à brûle-pourpoint.

Un silence flotta entre eux. Il allait se rembrunir, à coup sûr.

— Bruyant.

La réponse la prit au dépourvu.

— J'ignore si c'est une manie féminine ou particulière à mes sœurs, mais impossible de les empêcher de me piquer mes affaires.

Elle pensa aux vêtements de Lissy dans son placard, à ses propres livres et DVD perdus dans l'appartement de son amie.

— Une manie féminine, affirma-t-elle. C'est une façon de renforcer les liens.

— Comment est-ce de grandir sans sœurs ?

— Calme.

Le contraste le fit sourire.

— Mon père préférait passer une belle journée de printemps à la bibliothèque plutôt qu'avec moi au parc, poursuivit-elle.

— Te parlait-il de ta mère ?

— Seulement quand je la lui rappelais par mon comportement « exubérant ».

— Il ne s'est jamais remarié ?

— Il ne s'est jamais marié du tout. Du peu que je sais d'elle, ma mère était un esprit libre. Le soleil auquel il s'est brûlé les ailes.

Son père était un brillant mathématicien, bel homme de surcroît. De nombreuses femmes avaient tenté leur chance — étudiantes, collègues, jusqu'à la doyenne de l'université. Toutes s'y étaient cassé les dents. « Marié à son travail », soupiraient-elles, résignées, les unes après les autres. Elle seule avait vu la tristesse dans les yeux de cet homme lorsqu'il la regardait. C'était la mère de sa fille qu'il voyait, l'unique femme de sa vie. Aussi Saskia avait-elle tout fait pour alléger son fardeau.

— J'étais déjà adolescent quand mon père est mort, murmura Nate. Au moins, j'ai eu le temps d'apprendre à devenir un homme.

Le cœur de Saskia se serra. Quinze ans était un bien jeune âge pour endosser un tel rôle.

— A présent, reprit-il, promets-moi que rien de ce que nous partageons n'apparaîtra dans ta maudite infographie.

— Mmm…

Un sourire sensuel apparut sur les lèvres de son amant. Les mains sur sa taille, il la fit basculer en avant, créant en elle la plus délicieuse des pressions. Elle ferma les yeux pour mieux jouir de la sensation.

Pourtant, une foule de questions se bousculaient dans sa tête à propos de Nate, de son enfance, sa famille, ses relations, ses choix. Sur la manière dont tous ces facteurs s'entremêlaient pour faire de lui l'homme qu'il était — un homme incapable de se lier à quelqu'un en particulier. Lorsqu'il promena les doigts sur ses seins, toutes ses questions s'envolèrent. Plus rien n'existait que ses mains sur ses hanches, ses pouces qui effleuraient lascivement l'intérieur de ses cuisses. C'était si bon ! Il l'embrassait dans le cou, lui mordillait l'épaule, suçait un téton après l'autre tout en caressant son intimité. Un doigt se faufila en elle, et la réalité s'estompa dans un océan de désir.

— Nate ? murmura-t-elle.

— Chut…

Il la bâillonna d'un baiser dévastateur. Saskia abandonna ses doutes dans le bleu des yeux de Nate, étourdie par une émotion d'une intensité inouïe. Le plaisir l'entraîna vers l'ultime sommet. Au moment où l'extase l'emportait, elle cria le prénom de l'homme qui la comblait ainsi.

Elle s'effondra dans ses bras, à bout de forces. Leurs deux cœurs l'un contre l'autre battaient à tout rompre. Alors elle cessa de réfléchir, s'oublia et écouta le sien.

Une plénitude parfaite l'alanguissait. Et elle savait ce que cela signifiait. Nate ne se confiait peut-être pas autant qu'elle l'aurait souhaité mais, dans leurs moments d'intimité, il était plus présent que tous ses ex réunis ; et le premier à être avec elle par *envie*, non par besoin. Cela faisait toute la différence. C'était cette sensation que réclamait son cœur. « Mais pas avec Nate », lui souffla la voix de la raison.

— Quelles sont nos chances d'atteindre un jour ton lit ? lança-t-elle sur un ton de défi.

Saskia devina son sourire contre son épaule. Sentit la morsure de ses dents sur son tatouage, atténuée par un baiser.

— D'après mes calculs…

Il se redressa dans une cascade d'eau et de bulles, suprême incarnation de virilité. Elle le contempla, subjuguée. Soudain, il la tira par les bras et la jeta sur son épaule.

Avec son élégant papier peint rayé, son lambris d'ébène et son cadre de lit capitonné cuir, la chambre semblait tout droit sortie des années soixante.

— Waouh ! Mais c'est le temple de la testostérone !

— Je te l'ai dit, mon décorateur a perdu la tête.

Il déposa un baiser sur ses fesses et la jeta sur le lit, nue et couverte de mousse. Puis il enfila un préservatif tout en la dévorant des yeux, comme s'il ne savait par où commencer.

Quelques heures plus tard, Saskia se laissa sombrer dans le sommeil. Le bras de Nate sur sa hanche, son corps viril pressé contre le sien, elle s'abandonnait à la plus délicieuse des sensations.

Celle d'une plénitude parfaite.

La sonnerie de son portable la fit sursauter. A tâtons, Saskia chercha l'appareil sur la table de nuit. Ses doigts heurtaient des objets étranges : un pied de lampe en forme d'éléphant, un réveil Arts déco…

Ses yeux s'ouvrirent tout grand.

Elle avait passé la nuit chez Nate ! *Toute* la nuit ! Pourtant, il n'y avait entre eux que du sexe, non ? Quoi d'autre sinon ? Ce que son cœur lui avait fait ressentir la veille ? Mieux valait ne pas y penser…

Elle consulta le réveil. Dix heures. Nate était sans doute parti travailler depuis longtemps. Sans la réveiller, ni lui demander de s'en aller. Une joie secrète l'envahit. Cela signifiait qu'il lui faisait confiance, n'est-ce pas ?

Son portable sonna de nouveau. Elle repoussa la couette et se précipita vers le fauteuil où étaient posées pêle-mêle ses affaires. Elle fouilla frénétiquement dans son sac et ses doigts se refermèrent sur l'appareil. Numéro inconnu. Un client, sans doute.

Prenant sa voix la plus professionnelle, elle décrocha.

— SassyStats, Saskia Bloom, bonjour.

— Hé, Saskia ! répondirent deux voix à l'unisson.

Non, impossible. Ce ne pouvait pas être…

— Hope à l'appareil, dit l'une.

— Et Faith, renchérit la seconde. J'ai piqué ton numéro dans le portable de Nate. On a la matinée de libre, alors on s'est dit que ce serait sympa de faire plus ample connaissance. Vu les circonstances…

Quelles circonstances ? Le fait qu'elle se balade toute nue dans la chambre de leur frère ? Vivement, elle attrapa un châle et s'en couvrit jusqu'au menton.

— Que dirais-tu d'aller boire un café ? suggéra l'une des jumelles.

— Et ensuite, shopping ! ajouta l'autre. Hope est styliste. Tu peux compter sur elle pour te dénicher la robe parfaite.

— La robe ? bredouilla Saskia.

— Pour le mariage ! D'une pierre deux coups.

Elle se prit à redouter la réaction des deux jeunes femmes lorsqu'elles découvriraient le pot aux roses.

— S'il te plaît, dis oui, Saskia !

Que faire ? Refuser paraîtrait impoli et desservirait les

intérêts de Nate. D'ailleurs, elle n'avait pas encore réfléchi à sa tenue pour le mariage des amis de Nate. Soudain, elle eut une inspiration. Nate freinait son projet de formule de l'amour en refusant de parler de lui. Mais qu'est-ce qui l'empêchait, elle, de bavarder avec ses sœurs ? *D'une pierre trois coups.*

— C'est vrai que j'ai besoin d'une robe…

Elle n'avait pas fini sa phrase que les filles explosaient de joie. Après avoir raccroché, Saskia fila sous la douche. Peut-être aurait-elle dû en parler à Nate d'abord… Sauf qu'il n'était pas son petit ami, se raisonna-t-elle en ouvrant le robinet. Tant qu'elle respectait les termes du marché, il n'avait pas son mot à dire. D'ailleurs, il aurait certainement mis son veto.

Une heure plus tard, prise en sandwich entre les jumelles, Saskia n'était plus si sûre d'avoir pris la bonne décision…

— Tu sens comme Nate, remarqua Faith en l'entraînant dans une boutique de créateur.

— Ce doit être son gel douche…

Elle s'empourpra en comprenant ce qu'elle venait de trahir. Hope lui donna un petit coup de hanche complice.

— On commençait à croire qu'il comptait sérieusement ne jamais se caser. Mais depuis que tu es là, nous sommes rassurées.

Saskia se mordit nerveusement la lèvre. Nate serait ravi de savoir ses sœurs si loin de la vérité ; elle, en revanche, ne s'était pas attendue à ce qu'elles la voient autrement que comme la dernière d'une longue liste de conquêtes éphémères. Encore moins à ce qu'elles s'attachent à elle. Un désagréable sentiment de culpabilité l'étreignit.

Elle était en sous-vêtements dans la cabine d'essayage quand Faith revint à la charge :

— Imagine les splendides enfants que vous aurez ensemble ! dit-elle d'une voix excitée.

Saskia passa la tête par le rideau. Comment diable allait-elle tourner cela ?

— Faith, tu sais… Nate et moi passons de bons moments ensemble, mais avoir un bébé n'est pas vraiment au programme.

— Saskia, nous sommes au courant, l'interrompit Faith en faisant des mines devant un miroir.

La culpabilité céda la place à l'inquiétude.

— Au courant de quoi ?

— De vos préfiançailles, bien sûr ! s'exclama Hope, de retour avec une longue robe rouge vaporeuse.

— Pardon ? De nos *quoi* ?

Hope eut une petite toux insistante. Saskia baissa les yeux, interloquée. Dans sa confusion, elle avait lâché le rideau de la cabine d'essayage et se tenait à demi nue à la vue de tous ! A croire qu'elle était condamnée à s'humilier devant toutes les femmes du clan Mackenzie…

Elle saisit le cintre que lui tendait Hope et referma prestement le rideau, la robe rouge pressée contre sa poitrine.

8.

— Tu as dit à ta famille que nous étions *pré*fiancés ? lança une voix furibarde que Nate connaissait bien.

Il leva les yeux de la table de conférences ; Gabe et lui discutaient stratégie autour d'un double expresso et d'une assiette de donuts.

Trop d'informations l'assaillirent en même temps.

D'une part, Saskia, était plus sexy que jamais, en slim militaire et courte veste en cuir, une écharpe bigarrée autour du cou, assortie à un béret mou. D'autre part, elle était furieuse : les sourcils froncés, le regard sombre, les joues en feu, comme lorsqu'elle jouissait dans ses bras… Jamais il ne l'avait vue ainsi au grand jour. Enfin, dernière info mais non des moindres : elle avait parlé à quelqu'un de sa famille.

— *Préfiancés* ? répéta Gabe en riant.

Saskia se tourna vers lui pour le prendre à témoin :

— Hilarant, n'est-ce pas ? « Préfiancés », voilà un concept bien masculin pour fuir de *vraies* fiançailles !

— Bien dit, acquiesça Gabe. Quand on veut une femme, on l'épouse. Il n'y a pas d'entre-deux.

— Merci, lâcha Saskia.

— Quel genre de bague sied à cette occasion ? reprit son associé, rigolard. Du plaqué or ?

Nate lui fit signe de prendre la porte.

— Non, lança Saskia. Qu'il reste. Peut-être en sait-il lui aussi plus que moi sur notre « relation »…

Cette remarque le sortit de sa paralysie. Il se leva et posa les mains à plat sur son bureau en une attitude autoritaire.

— Ça suffit, Saskia. Calme-toi et assieds-toi.

— *Pardon ?*

Ses yeux noisette lançaient des éclairs. Mauvaise approche, l'angle autoritaire. Il aurait dû s'en douter, ayant grandi avec trois sœurs. Cette femme avait vraiment le don de lui embrouiller le cerveau. Elle était si sexy quand elle était en colère…

— Prends un donut, dit-il en se rasseyant.

Elle regarda l'assiette de pâtisseries et s'humecta les lèvres. Une onde de désir le traversa. Ses boucles brunes dansèrent sous son bonnet lorsqu'elle secoua fermement la tête.

— Assieds-toi, répéta-t-il d'une voix plus douce. S'il te plaît. Et nous discuterons seul à seule.

— O.K., concéda-t-elle enfin.

Gabe comprit le message et quitta la pièce. Au passage, il embrassa Saskia sur le front, et Nate prit sur lui pour ne pas l'assommer. A peine la porte refermée, la jeune femme s'écroula sur une chaise, le visage enfoui entre ses mains. Toute la tension qui émanait d'elle quelques secondes plus tôt semblait s'être évanouie.

Etouffant un juron, il vint s'asseoir à côté d'elle.

— Explique-moi comment tu en es venue à parler à ma famille.

Elle releva la tête, joues pâles et lèvres crispées. Il regrettait presque son éclat de colère.

— Les jumelles ont appelé, ce matin. Elles m'ont proposé de m'aider à trouver une robe pour le mariage.

Ses sœurs… Il serra ses mains dans les siennes. Elles semblaient si petites, tout à coup. Si fragiles.

— Et tu en as trouvé une ?

Le visage de Saskia s'éclaira. En une fraction de seconde, elle avait retrouvé le sourire.

— Oui.

Cette femme était vraiment unique, pensa-t-il. Il y avait cette lumière en elle, déterminée à briller quoi qu'il arrive.

Elle le regarda presque timidement.

— Nate, pourquoi pensent-elles que nous sommes fiancés ?

— *Pré*fiancés, rectifia-t-il. Jasmine m'a appelé, ce matin. Elle voulait savoir comment les choses se passaient…

C'était au moment précis où il contemplait Saskia depuis le seuil de sa chambre, recroquevillée en position fœtale sous les draps, le visage serein…

Il remua imperceptiblement sur sa chaise.

— Je lui ai répondu que tout allait bien. Puis Faith a appelé et m'a demandé pour quand était prévu le grand jour. Quand je lui ai dit qu'elle avait un ou deux trains d'avance…

— Elle a donc décidé que nous étions préfiancés, conclut Saskia.

— Apparemment. Hope et Jasmine sont têtues mais raisonnables. Faith, en revanche…

Saskia lui effleura distraitement la main du pouce. Une brusque chaleur lui parcourut le bras, semblable à une décharge électrique.

— Nate, j'aime beaucoup ta famille. Lui mentir me met mal à l'aise. Feindre d'être fiancés n'a plus rien à voir avec faire croire à une relation…

Elle sortit un morceau de papier de son sac. Un chèque, froissé dans les coins.

— Si tu pouvais attendre quelques mois avant de l'encaisser…

— Non !

La panique le gagna. Il resserra les mains autour des siennes.

— Est-ce plus d'argent que tu veux ? demanda-t-il.

Le regard peiné de la jeune femme lui fit aussitôt regretter sa question.

— Je n'arrive pas à croire que tu oses me demander ça !

— Saskia, je suis désolé. C'est juste que… tout aurait dû être si simple.

— Et ça ne l'est pas ? dit-elle en le fixant droit dans les yeux.

Elle avait du cran. Plus que lui. Mais c'était un terrain sur lequel il refusait catégoriquement de s'engager.

— Tu as rempli ta part du marché à la seconde où tu es entrée chez ma mère.

— Mais…

— Je suis sincère, la coupa-t-il. Ma famille devait croire que je voyais quelqu'un et tu l'as convaincue. Ce que nous partageons depuis est du bonus.

— Et le mariage de tes amis ?

Nate prit une grande inspiration. C'était le moment idéal pour la remercier et couper les ponts. Aller de l'avant. En homme d'affaires avisé, il savait d'habitude saisir ce genre d'instant. Le monde était vaste et rempli d'opportunités. Pourtant, il se résumait soudain à une paire de grands yeux noisette face à cette brunette qui le regardait sans ciller.

— Parle-moi de la robe, s'entendit-il demander dans un écho lointain.

— Rouge. Vaporeuse. Tu vas être ébloui.

— Fais-moi penser à prendre mes lunettes de soleil.

Elle exhala un soupir discret.

— Et en ce qui concerne ta famille ?

— Oublie les préfiançailles, Saskia. Ce n'est plus un mensonge, n'as-tu pas remarqué ? Nous couchons ensemble et sommes fidèles l'un à l'autre. C'est ce que j'appelle une vraie relation.

Nate attendit, suspendu aux lèvres de Saskia. Elle le dévisageait d'un air méfiant. La pauvre s'était si souvent fait avoir par des types sans scrupules qu'elle ne distinguait plus quand quelqu'un était sincère. Et il l'*était*. Il la voulait à son bras au mariage et dans son lit jusque-là. Elle, et personne d'autre.

— Quel romantique tu fais, dit-elle enfin.

Il rit. Mais le sourire de la jeune femme était empreint d'une telle douceur que son cœur faillit éclater. Une chance qu'il ait appris à le cuirasser.

— Pourquoi suis-je si faible ? soupira-t-elle.

— Crise d'hypoglycémie. Mange un donut.

Elle leva les yeux au ciel, tout en mordant à belles dents dans une pâtisserie.

— Tu es un nid à embrouilles, Nate Mackenzie. Je l'ai su à la minute où tu es entré chez *Mamma Rita*.

— Tu n'es pas non plus de tout repos, Saskia Bloom.

Elle prit un air de conspirateur.

— Peut-être devrions-nous vraiment nous marier. Tu me protégerais des minables et moi, je mettrais au chômage tes entremetteuses de sœurs.

Elle plaisantait, il le savait. Pourtant, l'idée fit son chemin en lui. Il aimait son allégresse, sa façon de le faire rire, son corps tiède contre le sien. Puis il replongea sans le vouloir dans son passé et revit les sous-vêtements séchant sur la barre de douche, les soirées Jane Austen, les traces de vernis à ongles dans la baignoire… Et les larmes. Le flot d'émotions fluctuantes à affronter chaque jour.

« Quand on veut une femme, on l'épouse. » Pour Gabe, c'était aussi simple que cela. Chez Nate, cette perspective déclenchait une véritable crise d'urticaire.

Il se leva et incita Saskia à faire de même.

— Disparaissez, mademoiselle Bloom, avant que je vous prenne au mot et n'achète la bague.

— Pas étonnant que tu sois un as en affaires, dit-elle en souriant. L'espace d'une seconde, j'y ai presque cru.

Ils se dirigèrent ensemble vers le couloir. Comme elle passait une main dans ses cheveux, son T-shirt se souleva, révélant le creux de sa taille. Sur une impulsion, Nate caressa la peau nue et sentit la jeune femme frissonner. Lorsqu'il retira sa main, elle ouvrit la porte et quitta la pièce sans un regard en arrière.

— Je pensais à quelque chose…

Saskia sourit en entendant la voix de Nate au téléphone.

— Quoi donc ? demanda-t-elle, l'appareil calé sous le menton, tout en tirant sur un coin de linoléum.

— Le mariage est dans une semaine et je n'ai pas de cadeau. Mae n'a envoyé aucune liste de mariage comme ça se fait d'habitude.

— Tu sembles t'y connaître en mariages…

— Les gens m'adorent. Je reçois beaucoup d'invitations.

Saskia renonça à sa tâche et retira ses gants de travail.

— Pourquoi me dire ça à moi ?

— Tu es une femme, répondit Nate.

— Merci de l'avoir remarqué !

— Chérie, si je ne l'avais pas remarqué, je ne t'aurais pas embrassée dès le premier soir.

— J'ai toujours cru que c'était par souci de crédibilité.

— Tu crois sans doute aussi au Père Noël…

Elle éclata de rire, savourant ce moment de complicité. Après l'histoire des préfiançailles, une sorte de flirt tacite s'était instauré entre eux. Ce soir-là, elle l'avait rejoint chez lui pour regarder un film. Au bout d'une demi-heure, ils avaient décidé d'un commun accord qu'ils avaient mieux à faire. Même chose le lendemain lorsqu'ils avaient commandé à emporter dans un restaurant chinois, pour se ruer vers la chambre à mi-repas.

Un profond soulagement l'avait envahie quand Nate avait refusé son chèque. Pas à cause de la dette, mais parce que cela lui laissait une semaine de plus avec Nate dans son lit.

Dans sa vie.

Elle qui se croyait une femme avisée… A l'évidence, elle se trompait.

— Qu'est-ce que ma féminité a à voir avec ton problème de cadeau ?

— Accepterais-tu de m'accompagner pour l'acheter ?

— Pour rien au monde.

Quelques semaines plus tôt, elle aurait accepté sans hésiter. Refuser lui donnait l'impression d'être mature, assurée. Elle avait dit « non » et le monde continuait de tourner.

— Tu as trois sœurs et une mère, Nate. Toutes n'attendent que ça, de t'aider.

Silence au bout du fil. C'était agréable de savoir qu'elle pouvait encore lui couper le sifflet.

— Mae est ton amie autant que la mienne, remarqua-t-il.

Zut ! A son tour d'être coincée… La veille, elle s'était amusée comme une folle à l'enterrement de vie de jeune fille de Mae. Leur tournée des bars avait pris un tour inattendu quand la future mariée s'était mise à arrêter chaque homme qu'elle croisait pour l'interroger sur ses rencontres en ligne. Munie du bloc-notes qui ne quittait jamais son sac, Saskia avait recueilli assez de données pour remplir trois infographies !

— Alors ? insista Nate. Prête pour une séance shopping ?

Elle baissa les yeux sur sa salopette tachée, passa une main dans ses cheveux collants.

— Pas vraiment. Je suis en train d'arracher le linoléum de ma cuisine.

— Toute seule ?

— Pourquoi engager quelqu'un quand on peut faire le travail soi-même ?

— Sais-tu seulement demander de l'aide ?

— Bien sûr, répliqua-t-elle avec un haussement d'épaules. Est-ce ma faute si je n'en ai pas besoin ?

— Je n'ai jamais rencontré quelqu'un comme toi, Saskia Bloom.

— La flatterie maintenant ? Bien tenté. Débrouille-toi pour le cadeau.

Le rire de Nate résonnait encore à ses oreilles lorsqu'elle raccrocha.

Une semaine.

Une semaine avec lui et ensuite, plus rien. Hélas, vu la place que cet homme avait prise dans sa vie, son départ laisserait un vide trop grand pour être comblé. Qu'arriverait-il après le mariage ? Pas seulement avec Nate, mais avec ses amis. Elle adorait Mae et s'était beaucoup rapprochée de Paige, la fiancée de Gabe. Les reverrait-elle ? En aurait-elle le droit ? Nate ne l'en empêcherait pas, bien sûr. Mais comment continuer à fréquenter les mêmes cercles que lui ? Le mieux serait encore de couper les ponts. Or cette perspective lui serrait le cœur.

Elle renfila résolument ses gants en caoutchouc. Autant se remettre au travail. Cela l'empêchait de penser à tout ce qui manquait dans sa vie. Une mère. Un père, même distant. Et bientôt, Nate…

Tirant de toutes ses forces, elle arracha un nouveau morceau de linoléum.

Nate dansait d'un pied sur l'autre, incapable de tenir en place. Bon sang, il ne s'était plus senti aussi nerveux depuis qu'il avait invité Lily Krum au bal du lycée !

Il plaisait aux femmes, depuis toujours. Nombreuses étaient celles qui s'arrêtaient dans la rue pour s'extasier sur ses yeux bleus. Mais Saskia était différente, d'une myriade d'infimes façons qu'il n'aurait su identifier. Elle avait un caractère bien trempé, sans être inflexible pour autant. Elle était… elle-même, tout simplement. Son indéfectible gaieté lui remuait les entrailles, assez pour l'inciter à casser sa routine.

Raison pour laquelle il venait de frapper à sa porte.

Il allait frapper de nouveau quand un remue-ménage se fit entendre à l'intérieur. La porte s'ouvrit tout grand sur une masse de boucles brunes. Saskia, courbée en deux, peinait à retenir Ernest par son collier.

— Salut, dit Nate, s'accroupissant pour l'aider.

— Nate ?

Elle leva des yeux surpris, avant de pousser un cri.

— Ton costume !

— Aucune importance.

Il n'allait pas admettre qu'il s'agissait de son costume porte-bonheur. Pas pour les rendez-vous amoureux — il n'en avait jamais eu besoin —, uniquement pour le travail. Peut-être aurait-il dû se changer avant de venir…

Trop tard. Une longue traînée de poils tapissait déjà son pantalon.

— Ernest, ouste ! tempêta Saskia.

Le chien obéit et disparut. Ils se relevèrent en même temps. La jeune femme flottait dans une salopette trois tailles trop grande, ses pieds nus maculés de copeaux de peinture sèche. Ses cheveux étaient retenus en arrière par un bandeau dans lequel était fichée une plume.

Elle souffla sur une mèche tombée sur son front, et ce fut comme s'il avait reçu un coup au plexus solaire. Elle était… comme elle était toujours : fabuleuse, pleine de vie. Même dans ses tenues excentriques, elle restait la plus belle femme qu'il ait jamais rencontrée.

Il donna une chiquenaude à la plume, qu'elle décrocha en rougissant.

— Ernest l'a trouvée dehors, dit-elle. Je n'ai vraiment pas le temps de faire du shopping, Nate. Je suis en pleins travaux.

— Je suis venu t'aider, déclara-t-il, entrant d'autorité.

Elle cilla, l'air abasourdi.

— Tu sais, décoller du linoléum, poser du carrelage, ce genre de choses.

Il enleva sa veste et la jeta sur une commode vert pâle.

Neuve. Tout comme le miroir suspendu au mur, entièrement repeint. Où diable trouvait-elle le temps ?

Elle continuait à le fixer comme s'il parlait une langue étrangère.

— C'est la première fois qu'un homme t'offre son aide ?

Elle fit signe que oui. Et il n'avait aucun mal à la croire. Il brûlait de retrouver tous ces types qui l'avaient blessée, utilisée, insultée, qui l'avaient dépouillée de tout ce qu'elle avait offrir sans jamais lui faire sentir qu'elle était appréciée. Qu'elle était *spéciale*.

— Je n'ai pas besoin d'aide, protesta-t-elle.

— Eh bien, tu vas devoir me supporter quand même.

— Ne devrais-tu pas être au travail ?

— Je suis le patron. Je vais où je veux.

— Bien, chef !

— Je préfère ça, la taquina-t-il. La soumission docile.

— Ne t'y habitue pas trop…

— Le jour où ça arrive, fais-moi penser à te quitter.

Elle se figea, très pâle soudain, avant de faire comme si de rien n'était. Quel mufle ! Il se serait giflé.

Rien n'allait plus depuis le jour où il avait laissé passer sa chance de tout arrêter. Il désirait Saskia avec une férocité qu'il peinait à contenir, tout en lui rappelant à chaque instant l'imminence de leur séparation.

Avec douceur, il ferma la porte et lui prit la main. Dans la cuisine, un véritable champ de bataille l'attendait : des morceaux de linoléum jonchaient le sol, d'autres étaient encore à demi fixés, plusieurs gouges traînaient parmi les débris.

Il se tourna vers Saskia, qui fronça les sourcils.

— Je suis dans une impasse, concéda-t-elle.

Nate prit soudain toute la mesure de ce qu'il voyait. La jeune femme dirigeait sa propre entreprise, et il avait accaparé tout son temps libre sans jamais l'aider en retour ! Quel égoïste ! Et dire qu'il se croyait hyperactif… Saskia, elle, ne s'arrêtait littéralement jamais ! Il comprenait mieux ce froncement de sourcils anxieux. Grandir auprès d'un père absent, enchaîner les histoires sordides, travailler d'arrache-pied, c'était tout ce qu'elle croyait mériter. Ses propres raisons de se tuer au travail semblaient bien dérisoires, en comparaison.

— C'est une tâche colossale, Saskia. Tu devrais appeler un carreleur.

— Je peux me débrouiller seule.

— Je sais, murmura-t-il. Quelque chose me dit que c'est ce que tu as fait toute ta vie…

Il l'arrêta d'un geste lorsqu'elle fit mine de nier.

— Aujourd'hui, tu me laisses faire.

Ce n'était pas une question, mais une promesse. Après une brève hésitation, elle capitula.

Une poche déchirée, des taches de pâtée pour chien, des poils d'Ernest, des entailles : son costume porte-bonheur était officiellement fichu. Mais devant le dernier pan de linoléum arraché, Nate éprouva la satisfaction du devoir accompli.

Il s'était débarrassé de sa chemise une heure plus tôt. La salopette de Saskia pendait autour de sa taille, la laissant en simple débardeur. Ses cheveux étaient collés à ses joues en sueur, son front couvert de poussière. Elle poussa un soupir de contentement et sourit.

— Heureuse ?

— Folle de joie ! Merci, s'exclama-t-elle, le regard éperdu de gratitude.

Il y lut également une foule d'émotions qu'il reconnaissait et rejetait en bloc. Mais déjà, il s'emparait de sa bouche, incapable de se retenir. Elle posa les mains sur son torse ; ce contact léger décupla son excitation. Ils s'embrassèrent longuement, avec passion.

Lorsqu'elle approfondit encore leur baiser, son désir prit les commandes. La salopette ne tarda pas à tomber sur le sol. Dans un grognement rauque, il s'agenouilla et posa les lèvres sur son ventre plat, savourant le velouté de sa peau, avant de glisser la langue sous la culotte de dentelle.

Avec une sensualité bouleversante, elle bascula très vite dans l'extase, secouée de spasmes qui se répercutaient à travers lui. Alors il la souleva dans ses bras et l'emporta dans la chambre, où il acheva de la déshabiller. Puis il essuya les traces de poussière à l'aide de son débardeur et écarta ses cheveux de son front. Elle était là, nue sur le lit, luisante de sueur. Sa beauté naturelle lui étreignit le cœur.

— Comment feras-tu quand je ne serai plus là ? demanda-t-il.

Il avait besoin de savoir qu'il lui manquerait, qu'il laisserait un vide dans sa vie. Le regard de la jeune femme se fit provocant. Lentement, elle se caressa, s'attardant sur chaque mont et vallée de son corps.

— Je peux me débrouiller seule, susurra-t-elle.

Il sourit.

— Ce soir, tu me laisses faire.

Sans hésiter, elle se cala contre les oreillers, mains derrière la nuque, ses yeux noisette emplis de tendresse. Elle le regardait encore lorsqu'il s'enfonça en elle. Et encore lorsqu'il atteignit la jouissance, d'une intensité comme il n'en avait encore jamais connu.

Nate fixait le plafond, Saskia allongée à son côté, ses jambes nues enroulées autour des siennes. Un soupir passa ses lèvres tandis qu'elle jouait avec le duvet de son torse.

— Ça va me manquer, murmura-t-elle.

— Je te comprends.

— Tsss ! Et moi qui te trouvais charmant…

Elle se lova plus étroitement entre ses bras. Il la laissa faire. Lui aussi regretterait ces moments. Un temps. Puis il tournerait la page. C'était toujours ainsi que les choses se passaient. Alors pourquoi détestait-il déjà les journées sans elle ? Et les longues nuits privées de son corps chaud contre le sien ? Ensuite, ce serait pire, à n'en pas douter.

L'espace d'une seconde, il s'autorisa à entrevoir un *après* avec elle. Quelques rendez-vous et soirées DVD. Une ou deux sorties entre amis. D'autres nuits comme celle-ci…

Assez ! Il était peut-être égoïste, mais pas un de ces sales types qui piétinaient les sentiments des autres. Du moins l'espérait-il. La situation devenait difficile pour Saskia. Ce qu'elle ressentait pour lui dépassait la simple attirance sexuelle, il le savait. Elle était si transparente… Mais le happy end qu'elle désirait tant, il était incapable de le lui donner. Oui, le moment était venu de mettre un terme à leur relation, avec douceur et détermination.

— Mon prétendu charme… dit-il, hésitant. C'est du vent, tu sais.

Elle se redressa sur un coude et le foudroya du regard.

— Bien sûr que non !

Il lui prit la main tout en cherchant les mots — ceux qu'elle avait besoin d'entendre.

— Les années qui ont suivi la mort de mon père ont été très éprouvantes. J'en suis sorti vidé. Pour ne pas me laisser submerger par les émotions de chacun de mes employés, je devais cesser de m'en soucier. Et ça a marché. A force de charme et d'esquives, je me suis construit la vie que je voulais. Et elle me suffit.

— Tu te dévalorises.

— Au contraire, je me trouve génial.

Elle plissa les yeux, une moue incertaine aux lèvres. Quelle créature adorable ! Il effleura ses lèvres du pouce et regretta aussitôt son geste, qui allait à l'encontre de ses intentions.

— Promets-moi une chose, Saskia.

— Tout ce que tu veux.

— Cesse de te dévaloriser, *toi*.

— J'essaierai. A ton tour de me promettre une chose.

« Tout ce que tu veux », faillit-il dire à son tour. Mais non, il ne pouvait se résoudre à prononcer ces mots…

— Je t'écoute.

— Reste débraillé.

Elle lui ébouriffa affectueusement les cheveux. Un geste d'une intimité qu'il n'avait plus connue depuis l'enfance.

— Tiré à quatre épingles, tu es sexy, dit-elle. Mais débraillé, tu es irrésistible.

Tout comme elle, avec ses boucles folles, ses joues rosies, ses yeux étincelants de désir. Elle était la femme la plus vive qu'il ait rencontrée, le soleil de ses journées et la maîtresse délurée de ses nuits. Chaque moment à ses côtés était une incitation à prendre son envol.

Il lui caressa la joue, les yeux rivés aux siens.

— Alors résiste à l'irrésistible, lui intima-t-il.

— J'essaie.

Mais, démentant ses paroles, elle se positionna au-dessus de lui et se frotta contre son sexe durci, la tête renversée en arrière, les lèvres ouvertes en une plainte silencieuse. Ses mouvements se firent de plus en plus lascifs.

Il captura ses hanches et prit le contrôle. La pression montait en lui, jusqu'à frôler le supplice.

— Maintenant ! haleta-t-elle.

— Autoritaire, avec ça !

Elle baissa sur lui des yeux noyés de désir.

— Tu aimes ça, non ?

Tout en parlant, elle s'était légèrement enfoncée sur lui.

— Oui, admit-il dans un râle.

Cette fois, elle l'accueillit tout entier, et sa chair brûlante se resserra autour de la sienne. Le plaisir déferla en lui comme un torrent de lave en fusion. Son monde se fissurait tandis qu'elle le chevauchait dans un lent et délicieux crescendo, jusqu'à imploser à l'instant où s'unirent dans la jouissance leurs deux corps.

Plus tard, au moment de sombrer dans le sommeil, Nate sut ce qu'il avait à faire. Aider Saskia à enlever son linoléum n'était pas suffisant. Il devait à tout prix lui prouver sa reconnaissance. Lui faire comprendre à quel point elle comptait pour lui.

Même si c'était un au revoir.

9.

Nate contemplait Saskia endormie entre les draps. Presque toute la nuit, il l'avait tenue serrée contre lui, avant qu'elle ne se roule en boule tout au bord du lit. Il se demanda si elle dormait toujours ainsi ou si elle avait voulu lui faire de la place…

Quittant sans bruit la chambre, il entra dans la salle de bains. Là, parmi les affaires de toilette et les échantillons de peinture, traînait un bloc-notes. Celui d'eDating. Il reconnaissait au premier coup d'œil la liste de questions auxquelles il avait si soigneusement évité de répondre. Mais quelqu'un d'autre l'avait fait à sa place… De nombreuses notes multicolores emplissaient à présent les marges, parmi lesquelles il lut les mots « tournée des bars ».

Par curiosité — ou jalousie envers cet homme qui avait donné à Saskia ce qu'il lui avait refusé ? —, il continua à lire. Amour, intimité, attirance, peur, fidélité… autant de sujets qu'il refusait catégoriquement d'aborder. Et pourtant, n'était-ce pas peu de chose en échange de ce que *lui* avait exigé d'elle ?

Il la regarda longuement depuis le seuil de la salle de bains. Elle avait joué le jeu devant sa famille et ses amis, risquant sa crédibilité. Elle avait supporté son irascibilité et n'avait pas hésité à lui accorder sa confiance, pourtant déjà si souvent bafouée. Parce qu'elle était ainsi, profondément généreuse.

Et lui, qu'avait-il donné ? Rien, à part ajouter quelques détails futiles à son dossier, en faisant passer cela pour de l'altruisme. Sans aucune considération, il avait *choisi* de résister à toute forme d'intimité. Un profond dégoût de lui-même l'envahit. Préserver son indépendance était une chose ; faire passer son intérêt personnel avant tout en était une autre. Quand était-il devenu un sale type sans scrupules ?

Rassemblant son courage, il prit un questionnaire vierge, un stylo et commença à remplir les rubriques. Il écrivit des paragraphes entiers pour donner à Saskia les réponses qui lui manquaient, enchaînant les questions avant de le regretter. Lorsqu'il eut fini, il regagna la chambre et déposa les pages sur l'oreiller, caressant l'épaule de la jeune femme au passage.

Elle ne remua pas, plongée dans un sommeil paisible. Elle méritait mieux. Il devait absolument lui ouvrir les yeux, lui faire comprendre quelle personne merveilleuse elle était. Et il n'y avait qu'un seul moyen d'y parvenir.

Empli d'une détermination nouvelle, Nate se leva et s'habilla à la hâte. Quelques minutes plus tard, il quittait l'appartement et refermait sans bruit la porte derrière lui.

Pelotonnée sur le canapé, Saskia savourait un chocolat chaud, Ernest endormi à son côté. Elle adorait ses nouveaux meubles, en particulier les fauteuils à carreaux rouges et blancs, ornés de coussins verts, bleus, jaunes. Un concert de couleurs égayait désormais chaque pièce, transformant son intérieur en une véritable publicité pour le bonheur. C'était à Nate qu'elle le devait. Pas seulement parce qu'il avait réglé sa dette : il avait fait bien plus que cela. Lui seul avait su restaurer son estime de soi, si sévèrement mise à mal par Stu et tous ceux qui l'avaient précédé.

Elle ouvrit son bloc-notes, légèrement froissé. La veille, elle avait roulé dessus en cherchant son amant ; elle avait trouvé le lit vide et un présent à sa place : un questionnaire rempli par Nate Mackenzie.

Qu'est-ce qui l'avait fait changer d'avis ? Elle l'ignorait. Toujours est-il qu'il avait répondu à toutes ses questions, décrivant avec sincérité son rapport aux femmes : le respect, la fascination, l'attirance avouée… Elle percevait entre les lignes son désir de mieux faire. De devenir, enfin, l'homme qu'il rêvait d'être. Par ce témoignage, il se mettait à nu devant elle.

Tant de frustrations, pensa-t-elle. Et tant de choses en tête. Pas étonnant que ses tempes le fassent souffrir ! Elle comprenait mieux pourquoi il s'oubliait dans le travail.

Et pourquoi il était venu à elle.

C'était pour toutes ces raisons qu'elle l'aimait. Un amour venu comme une évidence pour cet homme qui lui donnait tant sans rien demander en retour. Qui connaissait sa force et ignorait sa valeur. Comment ne pas l'aimer ?

Saskia soupira. N'était-elle pas la compagne idéale pour Nate ? Elle le choierait, l'aiderait à se relaxer, le rendrait heureux chaque jour et chaque nuit de sa vie. S'il voulait bien la laisser l'aimer…

Ernest bondit de son panier, interrompant sa rêverie. Quelques secondes plus tard, un coup résonnait à la porte. Nate ? Que lui dire ? Savait-il à quel point son geste comptait pour elle ? Etait-ce la raison qui l'avait poussé à le faire ?

Son cœur battait la chamade lorsqu'elle ouvrit la porte.

— Les hommes sont tous des lâches ! glapit Lissy en déboulant dans le vestibule, les bras chargés de courses.

Elle poussa Ernest du pied et se dirigea vers la cuisine. Saskia lui emboîta le pas.

— Que s'est-il passé ?

— Bamford m'a larguée.

Elle en resta bouche bée. Lissy ? Larguée ? Avec ses courbes affolantes et sa splendide crinière blonde, son amie était une véritable bombe ! Un peu excentrique, certes, mais cela ne semblait pas déranger les hommes — à croire qu'ils devenaient incapables d'utiliser leur cerveau en présence d'une belle femme.

— T'a-t-il expliqué pourquoi ?

Lissy secoua la tête, et les pointes de ses cheveux — roses, à présent — dansèrent dans son dos.

— Incompatibilité, manque de sérieux… les excuses habituelles.

— Tu voudrais rester avec lui ?

Son amie posa les courses sur la table et s'affala sur une chaise.

— Je ne sais pas, soupira-t-elle. Bam est super. Etre avec lui était excitant. Mais ce qu'il y a entre toi et Nate, l'alchimie… Vous vous complétez et vous stimulez en même temps. C'est ça que je veux.

Saskia resta sans voix. Lissy l'avait senti aussi, elle n'avait donc pas rêvé ! Elle brûlait de l'interroger davantage, mais un coup frappé à la porte l'en empêcha.

— Si c'est Bam, je ne suis pas là.

— Pourquoi te croirait-il chez moi ?

— Je lui ai dit d'envoyer fleurs et diamants ici s'il venait à s'apercevoir de son erreur.

Saskia secoua la tête devant cette logique exubérante et alla ouvrir. Elle ne s'était même pas aperçue qu'Ernest avait disparu avant de se retrouver nez à nez avec…

— Stu ?

— Salut, Sas. Ça va ?

De fines ridules sillonnaient ses tempes, sans rien enlever à son charme. Avec ses yeux bruns mélancoliques et son allure de poète maudit, il était toujours aussi séduisant. Mais quelque chose avait changé. Il évitait son regard, clairement sur la défensive. A le voir ainsi, elle se demanda comment elle avait pu sortir avec lui.

— Tu ne m'invites pas à entrer ?

— Que fais-tu ici ?

Comme il ne semblait pas décidé à renoncer, elle se résolut à le laisser entrer. Il émit un commentaire appréciatif sur la nouvelle décoration et gagna le salon. Son regard se posa sur la télévision neuve, puis sur Ernest.

— Salut, toi ! lança-t-il en faisant un pas dans sa direction.

Saskia lui bloqua résolument le passage.

— C'est *mon* chien.

— Hé, du calme…

— Du calme ? lança-t-elle avec un rire amer.

Elle continua à avancer, obligeant son ex à reculer.

— Tu m'as cambriolée. J'aurais porté plainte si je ne m'étais pas sentie aussi humiliée.

Il détourna les yeux.

— Tu le sais, d'ailleurs, reprit-elle. Alors pourquoi es-tu revenu ? Et ne me dis pas que je te manquais…

— Ce n'était pas mon intention.

Elle tressaillit imperceptiblement. Le regard de Stu s'était durci, et elle vit l'homme calculateur qu'il était vraiment. Mais pas question de se laisser intimider.

— Dis ce que tu as à dire et disparais de chez moi.

— Je suis venu rembourser ma dette, annonça-t-il après une profonde inspiration.

Impossible, cette fois, de dissimuler son choc. Tout le temps qu'elle avait été avec lui, il n'avait jamais gagné sa vie autrement qu'en percevant des aides sociales.

— Et comment comptes-tu t'y prendre ? En vendant mes affaires ? railla Saskia. A moins que tu n'aies fini ton livre ?

La surprise sur les traits de Stu la conforta dans l'idée qu'il n'avait pas avancé d'un mot dans sa grande entreprise littéraire.

— Non ? Alors comment ? Par un prélèvement mensuel de dix dollars sur ton allocation chômage ? Ça risque de te prendre quelques années.

— Si c'est le temps qu'il faut… répliqua-t-il, visiblement blessé dans son orgueil.

La perspective d'un rappel mensuel de l'idiote qu'elle avait été la fit frissonner. Qu'il prenne sa télévision neuve si cela pouvait le faire disparaître à jamais de sa vie ! Quelque chose lui soufflait qu'il ne demanderait pas mieux.

— Stu, je suis à deux doigts de t'attacher à une chaise et d'appeler la police, alors dis-moi la *vraie* raison de ta visite.

— On m'a fait comprendre que je n'avais pas d'autre choix, marmonna-t-il.

— *On ?*

Une lueur malveillante s'alluma dans les yeux de son ex. Il sortit de sa poche une carte professionnelle annonçant BonAventure Capital en lettres calligraphiées.

— Je ne comprends pas…

— Un certain Mackenzie m'a rendu visite, hier. Nous avons eu une conversation sur… sur les notions de responsabilité et de dédommagement.

« Seigneur, Nate, qu'as-tu fait ? », songea-t-elle, à la fois effarée et flattée.

— Il m'a dit de venir te voir, poursuivit Stu. Pour te rembourser et te présenter des excuses, sans quoi…

— Il t'a *menacé* ?

— Pas exactement. Disons qu'il m'a fait revoir mes priorités…

L'ironie de la situation n'échappa pas à Saskia. Pendant près d'un an, elle avait cru — à tort — avoir convaincu Stu qu'il devait se trouver un vrai travail. Nate, lui, avait réussi en une conversation. Pourquoi cette démarche de sa part ? Cherchait-il à récupérer son argent ? C'était complètement insensé.

Son téléphone sonna, et elle s'aperçut alors qu'elle pressait un pouce sur sa tempe depuis quelques secondes. Elle entendit Lissy prendre l'appel dans la cuisine — elle avait presque oublié la présence de son amie…

— Va-t'en, Stu, et ne reviens jamais.

— Mais…

— Je m'en occupe, le coupa-t-elle en empochant la carte de Nate.

— C'est tout ? Tu n'appelles pas la police ?

— Tu pensais vraiment que j'allais t'attacher à une chaise ?

Cela la fit sourire. Ainsi, il la croyait assez forte pour se défendre. Et désormais, elle aussi se savait capable de résister.

— Pars avant que je ne change d'avis, dit-elle en désignant la porte.

Il acquiesça d'un signe de tête.

— Tu as l'air différente, Sas. Ça te réussit.

— Toi, par contre, tu n'as pas changé.

L'insulte était claire. Il quitta la maison sans un mot.

Les jambes en coton, elle regagna le salon, où elle se laissa tomber sur le canapé. Ernest s'approcha et posa le museau sur ses genoux.

— Crois-moi, c'est mieux comme ça, murmura-t-elle en lui grattant les oreilles.

Lissy vint la rejoindre, l'air inquiet.

— Un problème ?

— Non, tout va bien. Pas vrai, Ernest ?

Le chien lui lécha affectueusement la main.

— Les hommes sont nuls, lâcha son amie.

— Pas tous, objecta Saskia. Certains nous défendent quand on s'y attend le moins. C'était qui, au téléphone ?

— Nate.

Son cœur manqua un battement.

— Je lui ai dit que tu le rappellerais, précisa Lissy.

Saskia se leva en soupirant. A peine une situation réglée, une autre réclamait son attention immédiate. Dire qu'elle avait cru sa relation avec Stu compliquée… C'était une promenade de santé à côté de ce qu'elle vivait avec Nate.

On amie la retint par le bras.

— Assieds-toi et bois un verre. Une bouteille, même ! Accorde-toi un peu de répit. Nate peut attendre…

— Pas moi.

Elle était fatiguée d'attendre. Il lui semblait n'avoir fait que cela toute sa vie : attendre que les hommes se décident. Elle leur avait donné du temps, des occasions, des encouragements. Un dossier avec d'attrayants blancs à compléter. Un bloc-notes rempli de questions pour les inciter à s'ouvrir à elle, à l'inviter dans leur vie, à l'aimer. Rien n'avait fonctionné.

Elle passa une veste, enfila la première paire de chaussures qu'elle trouva, compléta le tout d'une écharpe et d'un bonnet. Puis elle attrapa son sac et claqua la porte.

Assez temporisé. Le moment était venu d'avoir un sérieux tête-à-tête avec Nate.

Saskia cherchait péniblement son chemin dans le dédale qu'était la maison de Nate. Trois marches. Un couloir à droite. Un autre escalier. Des portes fermées succédant à des demi-paliers. Il était aussi difficile de s'y retrouver chez lui que dans sa vie !

Enfin, elle déboucha dans le vaste salon, entièrement dans les tons gris. Il y régnait une odeur artificielle de cuir et de bois. Même le plafond se découpait en angles durs, agressifs. Aucune personne sensée n'aurait choisi de vivre dans un lieu si dépourvu de chaleur. Sauf Nate.

Elle le trouva dans la cuisine, occupé à goûter un plat qu'il préparait. Nate *cuisinait* ! Comment cette information avait-elle pu lui échapper ? Un délicieux parfum flottait dans l'air. Plus délicieux encore que chez *Mamma Rita*…

Mais pas question de se laisser distraire. Elle posa bruyamment son sac sur le roc faisant office de comptoir.

— Les hommes sont nuls.

Nate leva les yeux et posa sa spatule.

— Merci.

— Lissy s'est fait plaquer par Bamford. Tu le savais ?

— Non.

— Tu n'as pas l'air surpris. Pourquoi ? Lissy est une fille géniale !

— C'est vrai. Mais reconnais qu'ils formaient un couple mal assorti.

Mal assorti ? Pas plus qu'une statisticienne hippie et un roi de la finance… Elle se mit à arpenter nerveusement la pièce.

— Mets-toi à l'aise, suggéra Nate en la détaillant de la tête aux pieds.

Elle baissa les yeux sur sa tenue. Robe-pull informe, petite veste habillée, écharpe multicolore et bottes d'intérieur en peau de mouton… Seigneur, elle avait l'air d'un sapin de Noël ! Retirant veste et écharpe, elle sortit de son sac la carte de BonAventure Capital et la lança à Nate, qui l'attrapa au vol avec aisance.

— Pourquoi ?

Une seule question, remplie d'émotion. De la réponse de Nate dépendait celle qu'elle avait attendue toute sa vie.

— Pour tourner la page.

Ces mots lui firent l'effet d'une gifle. C'était donc cela… Pendant qu'elle prenait conscience de ses sentiments pour lui, Nate planifiait sa fuite. *Finito*. Exactement comme Stu. A la différence qu'il ne lui volait pas sa télévision, mais son cœur.

Ses jambes se dérobèrent sous elle. Elle se laissa tomber sur un tabouret. Nate contourna le comptoir et s'assit sur celui d'à côté.

— Pourquoi ? répéta-t-elle, hébétée.

Elle avait besoin de comprendre. De connaître tous les détails.

— Tu vaux mieux que lui, murmura Nate. Et mieux que n'importe quel crétin qui a besoin d'une décision judiciaire pour garder ses distances. J'ai pensé qu'en regardant Stu dans les yeux, tu le comprendrais.

Ses prunelles bleues la fixaient avec sérieux. Pas de numéro de charme, cette fois : il était sincère. Et l'amour qu'elle éprouvait pour lui s'en trouvait encore grandi.

— Tu ne l'as donc pas retrouvé pour récupérer ton argent ?

Il eut un haussement de sourcils qui en disait long sur ce qu'il pensait de Stu.

— Ni pour que lui et moi nous remettions ensemble ? poursuivit-elle en le défiant du regard.

Cette fois, c'est lui qui parut avoir reçu une gifle. Il serra les dents.

— Est-ce le cas ? siffla-t-il.

— Non !

Il poussa un soupir. De soulagement ? Un fol espoir envahit Saskia. Celui que, peut-être, il ressentait la même chose qu'elle.

— Tu ne me passes rien, mais tu sembles avoir tout pardonné à Stu, ajouta-t-il d'une voix rauque. Est-ce que tu tiens encore à lui ?

— Non. Il ne signifie rien pour moi.

Elle se tordit les mains, hésitante.

— Il m'a laissé un mot, tu sais. Quand il m'a quittée. C'est pour ça que je n'ai rien fait. Affronter sa haine était au-dessus de mes forces.

— Que disait ce mot ?

La voix de Nate tremblait de colère contenue. Cela la réconforta.

— Il me traitait de femme autoritaire et castratrice,

murmura-t-elle avec effort. Il m'accusait de faire semblant de tenir à lui.

— Saskia…

— Il avait raison, reprit-elle sans laisser à Nate le loisir de poursuivre. Je ne l'ai jamais aimé et, pourtant, je l'ai laissé s'installer chez moi. J'essaie toujours de me rendre utile, d'être quelqu'un d'autre, mieux, car ce que je suis n'a jamais suffi à personne.

— Stu est un imbécile ! s'exclama Nate, le regard flamboyant. Il a essayé de toutes ses forces de t'arracher cet esprit combatif qu'il n'aura jamais. Mais il n'a réussi qu'à te rendre plus rayonnante encore.

Elle aurait tellement voulu le croire ! Pas seulement ses mots, mais les sentiments derrière, la possibilité qu'ils laissaient entrevoir… Hélas, si ses ex lui avaient appris une chose, c'était de ne pas s'accrocher à ce genre d'utopie.

— Tu trouves que je rayonne ? s'enquit-elle d'une petite voix.

— Plus que quiconque.

— Pourquoi ne me l'avoir jamais dit ?

Elle lut la réponse dans ses yeux : parce qu'elle l'aurait interprété à sa façon, et il le savait.

— Je suis désolé de t'avoir obligée à revoir Stu.

— Tu comptes retrouver tous les types qui m'ont fait du mal ? demanda-t-elle.

— Pourquoi pas.

Elle rit malgré elle.

— Je t'ai répété mille fois que j'étais capable de me débrouiller seule.

— Si seulement tu voulais bien me laisser t'aider de temps en temps…

Il fronça les sourcils, comme surpris par ses propres paroles.

— Ce n'est pas à toi de compenser les défauts de mes ex…

— A toi non plus.

— Tu as sans doute raison, concéda-t-elle.

— Toujours.

Elle sourit, sans se départir de son sérieux.

— Pas toujours, objecta-t-elle.

— Vraiment ?

— Si j'ai fait des erreurs, c'est parce que je cherchais ma place. Toi, tu as tout à portée de la main et tu choisis le rejet.

Nate se raidit. « Tu m'as moi, dit-elle avec les yeux. Si tu le souhaites. » Mais le visage de son amant se ferma. Elle avait sa réponse : s'il percevait ses sentiments, Nate ne les acceptait pas.

— J'apprécie de loin, dit-il sèchement.

Ce fut pour Saskia comme si soudain il se fondait dans les murs gris qui l'entouraient, le bois dur et sombre, les intimidants trophées de chasse. Peut-être le décorateur avait-il perçu sa *vraie* nature, froide comme la pierre.

— De *trop* loin, riposta-t-elle. Tu ne laisses personne t'approcher, pas même ta famille qui t'adore. Moi, encore moins. D'abord, tu m'achètes, puis tu m'envoies Stu et me rappelles que notre aventure touche à sa fin. L'amour n'est pas un poison, Nate. Ça ne te tuera pas. C'est complexe et frustrant parfois, mais ça fait partie de la vie.

— Comme les impôts.

Elle leva les yeux au ciel.

— C'est pas vrai ! Tu es une véritable cause perdue. Je le savais et, pourtant, ça ne m'a pas dissuadée.

— Dissuadée de quoi ?

— Non, n'attends plus rien de moi. Plus de réponses. J'ai assez donné.

Elle bouillonnait intérieurement face à sa parfaite maîtrise de lui-même. Jamais elle n'aurait cru possible un tel degré d'impassibilité.

— Tu ne cesseras jamais de m'étonner, dit-il enfin. Il y a une telle combativité en toi !

— Non, Nate. C'est de la joie de vivre.

Il la regarda sans comprendre. Elle aurait pu le gifler, en cet instant. S'il lui donnait seulement un signe…

Il prit ses mains dans les siennes et les serra.

— Jouons cartes sur table.

Son cœur se mit à battre plus vite.

— Toi d'abord, souffla-t-elle.

— Non. Tu es venue me dire quelque chose. Je t'écoute.

Saskia prit une profonde inspiration. Jamais elle n'avait

entrevu si clairement le vrai Nate dans l'immensité bleue de ses yeux. Et il avait plus de charme que toute la population de Melbourne réunie.

— Je suis un homme comme les autres. Comment puis-je savoir ce que tu veux si tu ne me le dis pas ?

En effet. C'était si simple…

Nom : Saskia Bloom.

Age : vingt-huit ans.

Je cherche : comment dire à l'homme en face de moi que pour la première fois de ma vie, je suis amoureuse…

Elle cessa de réfléchir. S'oublia. Ecouta son cœur. Comme Marlee Kent le lui avait un jour conseillé…

Rien ne vint.

Le regard de Nate s'adoucit. Il porta ses mains à ses lèvres, embrassa ses paumes et la libéra.

— C'est bien ce que je pensais. Tu n'es pas plus prête que je ne le suis.

« Si ! voulut-elle crier. Je suis prête ! Je l'ai toujours été ! » Aucun son ne sortit de sa bouche. La rupture de Lissy, la visite déplaisante de Stu, son désir pour Nate, et ce besoin lancinant, irrépressible… Tout se mélangeait dans sa tête. Mais ce tourbillon d'émotions se cristallisait autour d'une peur plus profonde : celle d'ouvrir son cœur et d'être rejetée.

Une larme roula sur sa joue. A peine l'essuyait-elle du revers de la main qu'une autre suivit.

— Je t'en prie, ne pleure pas, fit Nate. Je ne supporte pas les larmes.

Ce qui ne fit que redoubler ses pleurs. D'autant que jamais Nate ne l'avait implorée avant.

Etouffant un juron, il l'attira à lui. Elle se débattit, consciente que fléchir la mènerait à sa perte.

— Chut, murmura-t-il contre ses cheveux.

Il n'en fallut pas plus pour annihiler la résistance de Saskia. Il l'embrassa sur le front, puis effleura ses lèvres des siennes. Un baiser empli de tendresse. La chaleur de Nate se répandait en elle, s'insinuant dans ses membres tendus.

Avec un gémissement, elle glissa du tabouret et plongea les doigts dans les cheveux de Nate, imprimant son corps contre le sien. C'était peut-être sa dernière chance d'en graver chaque détail dans sa mémoire. A travers ce baiser, c'était tout son amour qu'elle déversait en lui, dans l'espoir qu'il comprenne…

Ses larmes ruisselaient toujours lorsqu'il s'arracha à son étreinte.

« Aime-moi, implorait-elle en silence. Aime-moi comme moi, je t'aime ! »

— Tout ira bien, dit-il en écartant ses cheveux de son visage. Tu as ta maison, ton travail, tes amis, ton chien. Ta vie te convient telle qu'elle est. Je t'envie une telle plénitude.

— Je veux plus, protesta-t-elle, plus proche d'avouer ses sentiments qu'elle ne l'avait jamais été.

Il secoua la tête.

— Te souviens-tu du soir où tu as refusé de quitter le bar avec moi ? Tu m'as dit que tu rêvais de rencontrer un homme, de t'installer avec lui, de te marier…

Elle acquiesça. Tout cela semblait si loin. Mais ce soir-là déjà, c'était lui qu'elle avait en tête.

— Tu n'as jamais parlé de tomber amoureuse, poursuivit Nate.

— Bien sûr que si !

— Non.

Impossible. Il se trompait. Elle ne désirait rien plus qu'aimer et être aimée ! Et même si elle ne parvenait pas à l'exprimer, ne le voyait-il pas ? Son amour pour lui était quasiment écrit sur son front ! C'était à lui de briser le mur qui entourait son cœur. Au lieu de quoi, il déposa un baiser sur son nez et regagna le fourneau où mijotait sa sauce. Il semblait à Saskia qu'un abîme sans fond venait de s'ouvrir entre eux.

« Tout ira bien », avait-il dit. Soudain, elle comprenait le sens de ses paroles. Tout irait bien *sans lui*.

Elle rassembla ses affaires et se tourna une dernière fois vers Nate.

— Désolée. Je ne pourrai pas t'accompagner au mariage de Mae.

— Je comprends.

Son visage était un masque impénétrable. Elle le regarda en silence, une boule d'émotion dans la gorge.

— Considère notre engagement comme rompu, dit-il en faisant mine de déchirer un papier dans l'air.

Il lui sembla presque entendre le bruit se répercuter dans sa poitrine.

— Merci, souffla-t-elle.

Quelle idiote ! Il lui brisait le cœur et elle le remerciait. Elle n'avait peut-être pas porté plainte contre Stu, mais au moins ne lui avait-elle exprimé aucune gratitude. Quand apprendrait-elle de ses erreurs ?

— Ce fut un plaisir, répondit Nate.

Plus elle l'observait, plus elle le soupçonnait de l'avoir volontairement embrouillée. Avant de venir, elle était si sûre d'être amoureuse… A présent, son cœur menaçait d'éclater dans sa poitrine tant elle souffrait. Mais, fille d'un scientifique reclus et d'une femme fatale évanescente, que savait-elle de l'amour ?

Sans un mot, elle tourna les talons et partit.

10.

Le soleil couchant baignait son bureau d'une lumière rose et or. Nate, en T-shirt et pantalon de jogging, profitait d'un moment de répit affalé sur le sofa. Son tapis de yoga n'avait pas quitté l'armoire, pas plus que le rameur ou les haltères.

Retirant baskets et chaussettes, il enfonça ses pieds nus dans l'épaisse moquette. Elle était encore plus moelleuse qu'elle en avait l'air. Pas étonnant qu'elle ait coûté une fortune ! Il ferma les yeux pour mieux profiter de la sensation. Et, comme souvent depuis quelques jours, l'image de Saskia apparut sous ses paupières closes.

Saskia debout devant la baie vitrée, sa silhouette de rêve révélée par transparence sous ses vêtements clairs.

Saskia nue dans son lit, ses boucles brunes étalées sur l'oreiller, une lueur sensuelle dans les yeux tandis qu'elle l'attirait à elle pour qu'il lui fasse l'amour.

Saskia l'incitant avec fougue à s'ouvrir, se laisser aller, redevenir humain.

Et le visage baigné de larmes de Saskia au moment de le quitter.

— Ah, te voilà !

Gabe, sa sacoche d'ordinateur portable sur l'épaule, s'apprêtait à quitter les bureaux.

— Où veux-tu que je sois ? ironisa Nate.

Mais au fond, n'était-ce pas la triste réalité de sa vie ? A cet égard, le silence de son ami en disait long.

— Bière ? suggéra finalement ce dernier.

— Ce n'est pas de refus.

Gabe se débarrassa de sa sacoche, sortit deux bières du minibar et lui en tendit une.

— Allez, crache le morceau, dit celui-ci en s'asseyant sur le sofa.

— Quel morceau ?

— La raison pour laquelle tu boudes depuis des jours.

Nate but une gorgée de bière. Nier n'était donc plus une option…

— Saskia et moi avons rompu.

Le savoir était une chose. Le dire à voix haute donnait à la situation un caractère irrévocable qui le troubla.

— Je croyais que vous ne sortiez pas vraiment ensemble, remarqua Gabe.

— Les choses avaient changé.

— Je l'avais deviné, figure-toi. Paige aussi, d'ailleurs. Elle te trouve adorable quand tu es amoureux.

— Je ne suis pas amoureux ! La preuve, on ne se voit plus.

— Ta décision ou la sienne ?

Nate se remémora sa conversation avec Saskia, les rebondissements et retournements de situation. Chaque fois qu'il y avait cru, quelque chose était venu changer la donne. Sceller un accord délicat n'était rien à côté des frissons que lui avait fait vivre Saskia. Sauf qu'ils n'étaient plus ensemble…

Il but une nouvelle gorgée de bière.

— Je vois, dit Gabe.

Il lui donna une bourrade amicale.

— Désolé, reprit son associé. Je l'aimais bien, tu sais. Paige aussi. Quant à Mae, elle était prête à en faire sa nouvelle demoiselle d'honneur. Cette fille est complètement folle ! Si elle n'était pas la meilleure amie de Paige…

— Pauvre Clint, conclurent-ils d'une seule voix.

Ils trinquèrent dans un grand éclat de rire. Nate se détendit un peu. Rien ne guérissait les blessures comme l'amitié. Il avait beau se répéter que seule son entreprise comptait, la vie était plus belle quand Gabe en faisait partie. En fait, elle ne l'avait jamais autant été que ces dernières semaines. Plus simple, plus légère… Son cercle social s'était agrandi, et des relations lointaines s'étaient muées en solides amitiés. Tout cela grâce à Saskia.

— Le mariage est samedi. Qui est l'heureuse élue ? demanda Gabe.

— Personne. J'irai seul.

— Tes sœurs risquent de l'apprendre…

— Tant pis.

— Tu l'aimes, n'est-ce pas ?

— Je l'aime *bien*, rectifia-t-il. J'aime passer du temps avec elle. Elle a de la personnalité, du caractère, et ça me plaît. Mais…

La vérité s'imposa à lui, et toute résistance s'envola.

— En fait, je n'ai aucun point de comparaison sentimental.

— Il n'y a rien à comparer, grogna son ami. Tu es amoureux ou tu ne l'es pas, c'est aussi simple que ça.

Les lampes du bureau s'allumèrent automatiquement comme les derniers rayons du soleil disparaissaient à l'horizon.

— Nous n'arrêterions pas de nous chamailler, reprit Nate.

— Est-ce une si mauvaise chose ?

Etre avec Saskia était un défi. Une bataille qu'il était voué à ne pas toujours gagner. C'était intense, accaparant et distrayant à la fois. Une expérience riche en émotions, parfois douloureuse, toujours stimulante. Rien de mauvais là-dedans, Gabe avait raison. Mieux : il n'avait jamais autant profité de la vie qu'avec cette femme !

— Bienvenue au club, lança son associé avec un grand sourire.

— Quel club ? J'ai passé notre dernière heure commune à la convaincre qu'il n'y avait rien entre nous.

— Rien n'est terminé tant que le rideau n'est pas tombé.

— Alors pourquoi ai-je l'impression d'être arrivé trois jours après le spectacle ?

Il se massa la nuque d'une main lasse.

— Le mieux serait que je n'aille pas au mariage…

— Tu viens ! dit Gabe d'un ton sans réplique.

Après une dernière tape sur l'épaule, il récupéra sa sacoche et s'en alla, le laissant seul à ruminer.

Il pressa un pouce sur sa tempe. Au diable Saskia et ses

grands yeux ! Ils avaient fait de lui une vraie guimauve. Pourtant, il ne se sentait pas faible. Au contraire. Toute sa vie, il avait eu l'impression d'évoluer sur des sables mouvants. Toujours à fuir en avant. Toujours à courir après son avenir. Mais le sol s'était stabilisé depuis peu. Il pouvait ralentir, profiter du moment présent.

Saskia…

Elle aussi avait vécu en terrain instable. En avait-elle conscience ? Etait-ce ce qu'elle avait vu en lui ? Une âme jumelle, un égal qui la complétait…

Mais elle s'était détournée de lui.

Et il l'avait laissée partir.

La famille Mackenzie était réunie dans le salon de la demeure familiale. Jasmine gardait un œil sur ses jumeaux, absorbés par leur train électrique ; Hope lisait un eBook sur le canapé ; Faith regardait la télévision en passant frénétiquement d'une chaîne à l'autre.

Nate, comme à son habitude, observait la scène depuis l'embrasure de la porte. Ses tempes commençaient dangereusement à le lancer. Quand Faith zappa pour la énième fois, il lui arracha la télécommande et éteignit la télévision. Ses protestations véhémentes attirèrent l'attention des autres. Tant mieux : il avait à leur parler.

Elles n'aimeraient pas ce qu'elles allaient entendre. Peut-être même lui tourneraient-elles le dos. Mais ce qu'il gardait enfoui le rongeait de l'intérieur et il ne pouvait plus se taire.

— J'ai un aveu à vous faire, annonça-t-il. C'est au sujet de Saskia.

— Je le savais ! s'exclama Faith d'une voix suraiguë.

Hope et Jasmine l'encouragèrent d'un sourire.

— Saskia et moi ne sommes jamais vraiment sortis ensemble…

Non, ce n'était pas tout à fait exact. Le moment était venu de dire la vérité. *Toute* la vérité.

— Pas comme nous vous l'avons fait croire, précisa-t-il.

— Je ne comprends pas.

C'était sa mère qui avait parlé. Elle s'assit sur le bras d'un fauteuil, le front soucieux. Nate fut saisi par une montée d'émotion. Mais au lieu de la nier comme à son habitude, il attendit simplement qu'elle s'atténue.

— J'ai fait sa connaissance via un site de rencontres, poursuivit-il. Elle devait m'accompagner au mariage afin que vous renonciez à chercher quelqu'un pour moi.

Le silence s'abattit dans la pièce, troublé seulement par le ronronnement du train électrique des jumeaux.

— Je ne comprends pas, répéta sa mère.

— Tout était simulé, dit Faith, visiblement sous le choc. Leur relation, la complicité, l'attirance… Tout !

« Pas tout », faillit objecter Nate. Mais il se retint : cela n'aurait fait que nourrir leurs espoirs.

— Nous avons passé un accord mutuellement avantageux, déclara-t-il prudemment.

Faith ouvrit des yeux incrédules.

— Tu veux dire que tu l'as *payée* ?

— Non !

La violence de sa réaction parut ébranler sa sœur. Il se radoucit légèrement.

— Ce n'est pas ce que tu crois. Les détails de notre accord ne vous regardent pas. Sachez seulement qu'elle n'a accepté de vous mentir que parce qu'elle était persuadée que j'avais besoin d'aide.

— Elle avait raison, dit Hope avec un sourire.

Nate ne put s'empêcher de rire. C'était une chance qu'elle soit dans la pièce. Non… que *toutes* soient là à l'écouter attentivement. Ils les connaissaient assez pour savoir qu'elles ne douteraient pas de sa sincérité.

— Je ne pense que du bien de Saskia, murmura Faith. Elle est bien trop géniale pour toi. Mais pourquoi mon séduisant grand frère s'imagine-t-il devoir soudoyer une femme pour qu'elle sorte avec lui ?

— Tu n'y es pas, Faith. Je me suis démené pour trouver une femme qui ne veuille *pas* sortir avec moi.

Un silence accueillit cette déclaration.

— Je ne veux ni mariage ni petite amie. Je veux être

libre de sortir avec qui je veux, quand je veux, sans que vous espériez du sérieux. Ça n'arrivera jamais.

— Pourquoi ?

Sa mère s'était levée et lui caressait gentiment la main. Jasmine serrait un de ses fils contre elle avec l'air d'espérer qu'il ne tourne jamais comme son oncle. Faith se taisait, les yeux embués de larmes. Seule Hope souriait calmement, comme si elle avait longtemps attendu ce moment.

— Sois franc, Nate. Dis-nous la vérité.

— Papa me manque, dit-il. Je pense souvent à lui. Après sa mort, j'ai été là pour vous, pris entre colère et empathie, amour et tristesse, angoisse et besoin…

Il serra les poings.

— Je ne veux plus jamais ressentir ça.

Hope se leva et le serra dans ses bras, avant de lui donner un coup de poing dans l'épaule.

— Nous le savons très bien. Ton calme et ta maturité nous ont toujours impressionnées. Toi seul maintenais notre famille soudée et nous t'avons malmené. Nous sommes désolées.

Elle se tourna vers les autres, qui approuvèrent à l'unisson.

— On ne choisit pas sa famille, si fabuleuse et émotive soit-elle, conclut Hope. Mais tu peux choisir avec qui partager ta vie. L'amour est une chose magique, tu sais. Douce-amère, parfois, mais merveilleuse. C'est ce qu'il peut t'arriver de mieux.

Il regarda ses sœurs. Des femmes fortes, toutes autant les unes que les autres. Toutes avaient surmonté des épreuves et ouvert leur cœur. Et toutes espéraient qu'il fasse de même. Mais lui était différent. Il aurait pu le leur démontrer par a + b. Au lieu de quoi…

Il ne songeait qu'à Saskia.

La femme qu'il avait choisie pour faire partie de sa vie. Celle qui lui avait fait une place dans la sienne. Saskia, qui le provoquait et le faisait rire, avec qui il se sentait libre, léger… Vivant !

« Doux-amer » ne suffisait pas à décrire le bonheur et le désespoir mêlés qui lui étreignaient la poitrine. Bonheur de la connaître. Désespoir de l'avoir perdue.

— Je dois y aller, annonça-t-il brusquement.

— C'est ça, grogna Faith en attrapant la télécommande.

Hope lui adressa un clin d'œil et rejoignit les jumeaux. Jasmine, libérée de sa charge, se détendit dans son fauteuil.

— Message reçu, mon chéri. Fini de jouer les entremetteuses, dit sa mère en le raccompagnant à la porte. Mais ça ne nous empêchera pas d'espérer que tu trouves l'amour. A moins que ce ne soit déjà fait ?

— Maman…

— Tu as dit ce que tu avais à dire. A mon tour, le coupa-t-elle. Tu as toujours été si têtu ! Quand tu as une idée en tête, tu n'en démords plus. Exactement comme ton père. Mais son obstination était une force et il est mort heureux, aimé et entouré. Je ne voudrais pas que tu regrettes un choix motivé par la peur plutôt que par l'amour.

Sur ces mots, elle l'embrassa sur la joue et le mit à la porte.

Le plus dur avait été d'admettre que Saskia et lui faisaient semblant. Peut-être parce qu'au fond, c'était cela, le vrai mensonge… Cette idée aurait dû le paniquer, mais non. Après l'émotion de ses aveux, il se sentait vide. Perdu. Sa belle mathématicienne lui manquait. Sa chaleur, son rire, son charme. Sa façon de l'embrasser. Ses grands yeux noisette, débordants d'amour pour lui.

Il plongea les mains dans ses poches, abattu. Tout était fini. Elle était partie et il ne la reverrait sans doute jamais. Une angoisse sourde l'envahit. Comment avait-il pu être aussi stupide ? Sa mère avait raison. Hope aussi. Même Faith. Il s'était abrité derrière son obstination comme derrière un rempart. Il avait besoin d'aide. Et Saskia était bien trop géniale pour lui.

Mais il l'aimait. Impossible de nier ses sentiments plus longtemps. Elle était là, avec lui, l'avait toujours été.

Furieux contre lui-même, il donna un coup de pied dans le mur et gagna sa voiture.

Saskia poussa la porte d'eDating, son infographie sous le bras. L'envoyer par mail aurait été plus rapide, mais elle tenait à revoir Marlee Kent. Cette femme avait beau être un requin, elle avait su la percer à jour comme personne. Elle seule pouvait la sortir de sa déprime.

— Saskia, s'exclama la directrice, avec un plaisir manifeste.

— Je suis venue vous apporter ceci.

Elle l'avait fait relier. Marlee contempla les couleurs chaudes, les jolies arabesques, les statistiques égayées de slogans romantiques. A la vue des mots « Suivez votre cœur », un sourire s'ébaucha sur ses lèvres.

— Merci, c'est splendide !

— Heureuse que cela vous plaise. N'hésitez pas à me demander d'éventuelles modifications avant que je ne l'envoie à l'équipe du marketing numérique.

Marlee la détailla attentivement. Sa tenue soignée — jean slim, haut fleuri et cuissardes sexy — était à l'évidence gâchée par ses yeux cernés et le pli qui barrait son front.

— Café ?

— Volontiers.

Elle suivit la P.-D.G. dans son bureau et se jeta à l'eau :

— Je peux vous poser une question ?

— Bien sûr.

— Combien d'inscrits trouvent l'homme ou la femme de leur vie ?

— Vous voulez un chiffre ?

— Je veux de l'espoir.

Marlee se tourna vers elle, toute idée de café oubliée.

— Dans ce cas, négligez les chiffres, déclara-t-elle. Vous seule importez, et l'autre personne.

— L'autre personne…

Marlee la prit par la main et la fit asseoir sur un confortable canapé blanc.

— Je vais être franche. Lors de votre dernière visite, j'aurais juré que vous étiez sous l'emprise de Cupidon. Aujourd'hui, vous avez l'air d'être passée sous un camion. Qu'est-il arrivé ?

A vrai dire, Saskia n'en savait rien. Elle avait beau s'être repassé en boucle sa dernière conversation avec Nate, elle ne comprenait toujours pas où était l'erreur. Elle sentait qu'elle avait eu le bonheur à portée de main et l'avait laissé filé. Elle avait été si sûre d'aimer Nate… jusqu'à ce qu'il la persuade qu'elle se trompait. La souffrance qu'elle ressentait ressemblait à s'y méprendre à un chagrin d'amour, mais comment en être certaine ?

— J'ai rencontré un homme, dit-elle après une profonde inspiration.

— Sur mon site ?

— Oui. Nous sommes sortis ensemble, je suis tombée amoureuse… et les choses ont déraillé.

— Comme souvent.

— Pas très encourageant…

— Sauf si l'on choisit de réparer ses erreurs. Et pour ça, tous les moyens sont bons.

— Vous semblez vous y connaître. Etes-vous mariée ?

Elle se mordit la lèvre, embarrassée.

— Désolée, reprit-elle. Ce ne sont pas mes affaires.

— Non, c'est une bonne question, répondit Marlee. Je l'ai été, à un géant barbu dont le rire faisait trembler les murs. Il est mort trop tôt. Je n'ai jamais retrouvé l'amour. Peut-être parce qu'il était l'unique homme de ma vie, ou parce que je ne me suis jamais vraiment accordé de seconde chance…

Saskia éprouva une vive compassion pour cette femme dont l'élégance et le franc-parler dissimulaient un cœur brisé.

— Mon père ne s'est jamais remis de la mort de ma mère, murmura-t-elle. Toute ma vie, j'ai essayé de lui faire plaisir, sans rien recevoir en retour. Je croyais que c'était ça, l'amour.

Elle soupira.

— En réalité, mes relations avec les hommes étaient une sorte de revanche. Si l'un d'eux m'avait aimée, j'aurais eu la preuve que mon père avait tort et moi raison.

— C'est compréhensible.

— Peut-être, mais ce n'est pas ce qui va m'aider à trouver le sommeil.

— Pour ça, rien ne vaut les bras d'un homme.

Marlee avait raison : chacun réagissait à sa manière et devait en affronter les conséquences. Elle pensa à ses choix de compagnons et leurs répercussions, puis à Nate.

— C'est décidé, s'exclama-t-elle avec force. Moi, Saskia Bloom, je veux aimer et être aimée !

Marlee se fendit d'un sourire.

— Et ce mystérieux inconnu a-t-il l'étoffe d'un partenaire pour la vie ?

Saskia n'avait jamais cherché un partenaire. Se confier à l'homme qu'elle côtoyait, se reposer sur lui n'avait jamais fait partie de ses priorités.

Jusqu'à Nate.

Cette tête de mule ne l'avait pas laissée s'en tirer à si bon compte. Il s'était imposé dans leur relation sur un pied d'égalité. Soudain, une nouvelle possibilité s'offrait à elle : celle d'une vie non pas *à côté* de lui, mais *avec* lui. Et si quelqu'un lui avait donné le courage d'oser cette aventure, c'était bien Nate. Avec lui, elle n'avait plus peur d'aimer, ni de se laisser chouchouter de temps en temps.

Emplie d'une énergie nouvelle, elle bondit, embrassa Marlee sur les deux joues et quitta précipitamment le bureau.

On était le premier samedi du printemps.

Elle avait rendez-vous.

11.

Une main sur ses cheveux, Saskia tentait vainement de préserver son récent brushing des rafales de vent soufflant sur Blairgowrie Beach.

— Cent dollars pour rien, pesta-t-elle en enfonçant les pieds dans le sable.

Quant à sa longue robe rouge, elle lui semblait soudain trop légère et sexy pour un élégant mariage de début de printemps. A dire vrai, elle l'avait choisie dans l'unique but d'éblouir Nate…

Elle se frotta les bras pour se réchauffer. Pas question de reculer. Elle était là en mission. N'était-elle pas une femme forte et sûre d'elle ? Propriétaire, auto-entrepreneur, décoratrice, bricoleuse ? Après s'être fait tatouer et avoir nagé avec les requins, elle pouvait bien dire à un homme qu'elle l'aimait, non ? Même sans garantie de réciprocité.

Rassemblant son courage, elle se dirigea vers l'assemblée. Paige et Gabe discutaient avec un couple âgé — les parents de la mariée, à en juger par la ressemblance. Lissy tenait compagnie à Bamford et semblait beaucoup le faire rire. Quant à Mae, elle papillonnait d'un invité à l'autre, apparemment insensible à la fraîcheur ambiante dans sa sublime robe dos nu.

Tout à coup, au hasard d'un mouvement de foule, elle le vit.

Ses jambes manquèrent la trahir. Revoir Nate l'émerveillait et la terrifiait à la fois. Tout comme la tâche qui l'attendait : le convaincre qu'elle l'aimait. Mais elle était déterminée. Et comment ne pas l'être encore plus à présent ? Rasé de près, sa carrure athlétique mise en valeur dans un élégant smoking, il était plus séduisant que jamais. Ses cheveux balayés par le vent ajoutaient une touche négligée des plus sexy.

Il l'aperçut à son tour et se figea.

Les rires, les tintements de verres, le roulis des vagues : tout se dissipa derrière les battements assourdissants de son cœur. Le visage de Nate s'illumina d'un sourire. Il s'avança vers elle et Saskia le rejoignit à mi-chemin. De près, il lui parut fatigué. Manquait-il de sommeil ? Etait-ce sa faute ?

— Salut, dit-elle d'une voix assurée.

— Saskia…

Il l'embrassa sur la joue, s'attardant un peu plus qu'il n'était nécessaire. Elle ferma les yeux pour mieux respirer son odeur, puis s'écarta, trop tentée de se jeter à son cou.

— Je ne voulais pas décevoir Mae, expliqua-t-elle. Après tout, c'est elle qui m'a aidée à boucler mes recherches grâce à son enterrement de vie de jeune fille.

Nate hocha la tête et sourit.

— Je suis content que tu sois là. J'ai justement quelque chose pour toi.

Il tira de sa poche un petit paquet argenté.

— Ce sont les mariés qui reçoivent des cadeaux…

— Nous leur offrons un grille-pain hyper design et dernier cri.

Ce « nous » l'emplit de joie. Les doigts tremblants, elle défit l'emballage et découvrit un petit savon au lait de chèvre, son péché mignon. Il s'en était souvenu ! Pour elle, il était allé jusqu'aux monts Dandenong, à des kilomètres en dehors de la ville. Un moyen de se faire pardonner ?

— C'était un lot de deux, mais j'en ai gardé un, dit Nate. Ma peau n'a jamais été aussi douce.

Il sourit, de ce sourire sincère et spontané qui l'avait fait si souvent fondre. Ses yeux bleus la fixaient avec une intensité brûlante. Une vague de chaleur déferla dans ses veines.

— Merci, murmura-t-elle.

— De rien. A présent, accepterais-tu d'être ma partenaire pour la journée ?

Il lui tendit le bras, et elle enroula le sien autour. Ensemble, ils rejoignirent les autres invités.

— Je savais que tu n'avais personne, reprit-elle.

— Tiens donc…

— Ta sœur m'a appelée, tout à l'heure.

— Et que t'a dit Faith ?

Il mêla ses doigts aux siens, caressant tendrement son poignet du pouce. L'espoir se ralluma en elle.

— Elle m'a parlé de votre réunion familiale. Je suis fière de toi, Nate. Tu as de la chance de les avoir, tu sais. Ne les écarte plus jamais de ta vie.

— Promis.

— Elle dit aussi que je te manque…

Nate éclata de rire.

— Quelle petite peste !

— Elle est plus gentille que tu ne le crois, protesta Saskia. D'ailleurs…

Elle s'arrêta net, assaillie par une incongruité.

— Comment sais-tu que c'était Faith ?

— Pardon ?

— Au téléphone. Il aurait pu s'agir de Hope ou de Jasmine.

Elle chercha son regard, une main en visière sur le front. Il se déplaça légèrement afin de lui cacher le soleil. Soudain, elle comprit.

— Tu as demandé à Faith de m'appeler, n'est-ce pas ? Pour qu'elle glisse dans la conversation que tu venais seul…

— Quel intérêt d'avoir des sœurs indiscrètes si on ne peut pas les utiliser à son avantage ?

A contre-jour, elle distinguait mal ses yeux, deux taches sombres dans un visage finement sculpté. Mais le désir qui émanait de toute sa personne était palpable.

— Après notre dernier échange, je n'étais pas sûr que tu acceptes de m'écouter, avoua-t-il.

— Bien sûr que je t'aurais écouté ! s'exclama Saskia, agrippant son veston. Je serais venue, et pas à cause d'un stupide contrat.

Il tendit la main vers elle. Ses doigts n'étaient plus qu'à quelques millimètres de sa joue quand Mae fondit sur eux.

— Ce qu'ils sont mignons, tous les deux, vous ne trouvez

pas ? lança-t-elle à la cantonade. Mais assez roucoulé, la cérémonie va commencer. Si vous voulez bien approcher…

Et elle s'éloigna dans un tourbillon de tulle blanc.

Saskia se tourna vers Nate, frappée de plein fouet par son regard azur.

— Ce n'est pas un rêve. Tu es là… murmura-t-il.

Un immense bonheur l'envahit.

— Oui, je suis là.

— Et tu es magnifique. Non, en fait…

Il tira un objet de la poche intérieure de sa veste.

— Tu es éblouissante, affirma-t-il en posant des lunettes de soleil sur son nez.

— Je t'avais prévenu, répliqua-t-elle en riant. Avoue que tu te doutais que je viendrais.

— Disons que je l'espérais.

Sans crier gare, il lui attrapa la main et l'entraîna derrière une hutte perchée sur une dune.

— J'ai fait des kilomètres pour acheter ton savon et retrouver ton odeur. Alors qu'il y avait tellement plus simple…

Il l'embrassa avec fougue, s'accrochant à elle comme à une bouée de sauvetage. Mais c'était Saskia qui dérivait, emportée par une déferlante de plaisir. Mille étoiles explosaient sous ses paupières en un somptueux kaléidoscope.

Puis leur baiser se fit plus profond, empreint d'une tendresse qui la bouleversa.

Saskia posa le front sur le torse de Nate. Les battements irréguliers de son cœur faisaient écho aux siens.

— Désolée pour la dernière fois, murmura-t-elle. Ce n'est pas ta faute si je suis tombée amoureuse de toi. Tu as toujours été très clair sur le genre de relation que tu cherchais et j'ai outrepassé les limites.

— Tu *quoi* ?

— J'ai outrepassé…

— Avant.

Elle déglutit, envisagea pendant une fraction de seconde

de feindre l'amnésie, puis releva les yeux. Il y avait tant de potentiel en lui, en un avenir commun… Comment résister ?

— Je t'aime.

Saskia resta bouche bée, les yeux écarquillés. C'était bien Nate qui avait parlé ? Nate qui la maintenait à présent par les épaules, le visage inquiet.

— Ça va ?

— Je… je crois, répondit-elle, sous le choc.

Il l'entraîna d'autorité vers un banc tout proche.

— Alors, tu m'aimes ? bredouilla-t-elle, un peu remise.

— Oui.

Il se massa la nuque, mais elle ne percevait aucune frustration en lui. Seulement le regret de ne pas lui avoir ouvert son cœur plus tôt. Sa main chercha la sienne et la serra très fort.

— Je vivais dans un tunnel, sans issue ni lumière, avoua-t-il. Puis tu es arrivée et j'ai senti l'air dans mes poumons, la caresse du soleil sur ma peau. J'ai vu le sol et les étoiles dans le ciel. C'était toi, Saskia. Tu es mon univers.

L'émotion lui étreignait a gorge, le ventre, trop forte pour être exprimée par des mots. Elle tenait le cœur de Nate entre ses mains. Alors, elle se fit le serment d'en prendre le plus grand soin.

— Avant de te connaître, dit-elle enfin, j'étais comme un hamster dans sa roue, persuadée d'atteindre mon but en gardant la même direction. Mais tu m'as montré un autre chemin.

Elle lui ébouriffa tendrement les cheveux, et Nate rit.

— Je me demande de quoi j'avais peur, conclut-elle.

— Moi aussi.

— De ça, peut-être ?

Elle noua les bras autour de sa taille.

— Non, rien d'effrayant là-dedans, constata-t-il.

— Et ça ? poursuivit-elle, se positionnant à califourchon sur lui.

Une lueur dangereuse s'alluma dans les yeux de Nate.

— Non plus… A mon tour de chercher : je te veux, Saskia Bloom, si tu veux de moi.

C'était censé lui faire peur ? Elle était aux anges, au contraire !

— Je te veux, Nate Mackenzie. Chaque jour et chaque nuit de ma vie.

Son homme. *Son* maître de l'univers, tendre, sexy, autoritaire. Elle l'embrassa avec passion, et il lui rendit son baiser. Jusqu'à ce que l'écho d'une reprise grunge de *Wishing and Hoping* lui arrache une grimace.

— Ne me dit pas que c'est…

— Le groupe que vous avez entendu dans le bar, déclara-t-elle en riant.

— Mae est cinglée.

— Je l'aime bien.

— Hélas, moi aussi. On ferait mieux de les rejoindre.

Ils se levèrent et, étroitement enlacés, rejoignirent la fête. Mais une dernière question taraudait Saskia.

— Pourquoi m'avoir choisie ? demanda-t-elle. Sur le site, je veux dire…

— Notre goût commun pour le grunge. Ça, et les yeux les plus affolants que j'aie jamais vus.

Il lui effleura les lèvres et Saskia en oublia de respirer. Main dans la main, ils se fondirent dans la masse des invités.

— Et toi, pourquoi m'as-tu choisi ? lui chuchota-t-il à l'oreille.

Elle pouffa, avant de s'apercevoir qu'il était sérieux.

— Oh ! ça tient à rien. Tu étais à tomber sur ta photo, mais tellement collet monté ! Puis j'ai vu que ton livre préféré était *Catch 22*.

Il lui lança un regard vide.

— C'était dans ton profil, insista-t-elle. Ce n'est pas ton livre préféré ?

— Mon travail ne me laisse guère le temps de lire…

— Dire que c'est ce détail qui a fait pencher la balance en ta faveur : un titre de livre mis au hasard ! Qui sait qui tu aurais rencontré si tu avais indiqué *Twilight* ou *Martine à la plage* ?

Il resserra son étreinte autour de sa taille.

— Je ne veux personne d'autre que toi.

— Même si tu ne lis pas, tu sais toujours trouver les mots, pas vrai ? murmura-t-elle, profondément émue.

— C'est ma plus grande qualité.

Mais pas la seule, songea Saskia. Il y avait aussi sa gentillesse, son ambition, sa loyauté, sa détermination... Et, surtout, l'amour qui brillait dans ses yeux.

En tournant légèrement la tête, elle vit que Gabe souriait, d'un sourire dont elle commençait tout juste à comprendre la signification. Elle reporta son attention sur Nate, qui la couvait du regard.

« Je t'aime », articula-t-il silencieusement.

Pour toute réponse, elle l'embrassa dans le cou. Et, tandis que Mae et Clint s'unissaient pour la vie, elle sut qu'elle avait enfin trouvé sa formule magique : aimer + être aimé = un immense bonheur.

C'était aussi simple que cela.

Epilogue

Nate extirpa la tranche de pain grillé coincée dans l'antique grille-pain. Il savait quoi offrir à Saskia à Noël… A moins qu'il n'apporte le sien chez elle ? Après tout, il passait la plupart de ses nuits ici. Sa machine à expresso était un véritable cadeau des dieux ! Certes, songea-t-il, mais il aimait surtout le feu de bois dans la cheminée, le foisonnement de couleurs, le grand lit moelleux — et la jeune femme dedans. Ce décor lui correspondait mille fois mieux qu'une fausse tête de rhinocéros noyée dans une déferlante de cuir.

Il tartina son pain d'une épaisse couche de chocolat, puis en coupa un coin qu'il jeta par-dessus son épaule. Ernest l'attrapa au vol et se mit à remuer la queue.

— Assez, dit Nate du ton mi-sévère mi-affectueux qu'utilisait Saskia.

Peine perdue. Le grand airedale terrier le fixait avec l'air de qui n'était pas né de la dernière pluie. Nate lui jeta un second morceau et s'enfuit dans le bureau.

Saskia l'accueillit d'un sourire par-dessus son écran. Son cœur manqua un battement, comme chaque fois qu'il la regardait… Elle tendit les lèvres et il s'approcha pour y presser les siennes.

— J'y vais.

— Gabe et Paige viennent dîner, ce soir.

— Suis-je invité ?

— Tu vis pratiquement ici, dit-elle en levant les yeux au ciel. Je devrais te faire payer un loyer… Mais tu peux apporter ton grille-pain à la place.

— Est-ce un marché ?

Un sourire se dessina sur les lèvres de sa belle.

— Si ça peut te faire plaisir…

— Il y autre chose qui me ferait plaisir.

Il la tira de son fauteuil et l'embrassa avec fougue.

— Je dois y aller, dit-il en s'écartant. J'ai promis mon aide à Gabe pour un nouvel investissement.

Sitôt rassise, elle glissa un pied sous ses fesses. Adorable. Et sexy, intelligente, obstinée… Les qualités indispensables à la femme de sa vie. Sa façon de mordiller son stylo enflamma son désir. « Pars ! s'exhorta-t-il. Maintenant ! »

A peine faisait-il demi-tour que Saskia le retint par la manche. Et soudain, il sut qu'il ne la laisserait plus jamais. Mais il le lui dirait plus tard, quand elle serait nue dans ses bras. Prisonnière. Elle était toujours plus douce, après l'amour…

— Nouveau contrat pour SassyStats, annonça-t-elle en désignant l'écran de son tout nouvel ordinateur.

Il se pencha sur son épaule et en profita pour humer discrètement son odeur.

— Pegasus Motors nous a engagées pour une série d'infographies, expliqua-t-elle. Une partie du travail consiste à tester tous leurs nouveaux modèles de sport. Tu peux m'accompagner, si tu veux…

— Je savais qu'il y avait une raison pour que je t'aime autant, dit Nate.

— Une seule ?

— D'accord, peut-être deux ou trois.

« Un dernier baiser », pensa-t-il comme elle s'accrochait à son cou.

Trois quarts d'heure plus tard, il se rhabillait à la hâte et filait au travail, l'exemplaire de *Catch 22* de Saskia sous le bras. Pour le trajet. Son téléphone vibra pour la énième fois. Tant pis, Gabe attendrait. Le monde entier attendrait.

Il avait une autre priorité…

collection Azur

Ne manquez pas, dès le 1er août

TROUBLANT DÉFI, *Anne Oliver* • *N°3495*

Pour venir en aide à ses parents, sur le point de perdre leur maison, Chloé doit absolument réunir au plus vite une importante somme d'argent. Mais comment le pourrait-elle, avec son simple salaire de serveuse ? Aussi n'a-t-elle pas d'autre choix que d'accepter lorsque Jordan Blackstone, l'homme d'affaires au charme troublant qu'elle a rencontré la veille au soir dans le restaurant où elle travaille, lui fait une incroyable proposition : il paiera les dettes de sa famille si elle joue le rôle de son épouse dévouée pendant un mois, le temps pour lui de signer un important contrat. Bien sûr, elle se promet de garder ses distances avec Jordan : n'a-t-elle pas toutes les raisons du monde de se méfier des hommes trop riches… et trop séduisants ?

UN BOULEVERSANT HÉRITAGE, Cathy Williams • *N°3496*

Si on lui avait dit qu'elle possèderait un jour un cottage en Cornouailles, Rosie aurait éclaté de rire. Comment imaginer qu'Amanda Wheeler lui léguerait la maison qu'elle aimait tant ? Amanda, celle qui fut sa meilleure amie avant de la trahir de la pire des façons, ne reculant devant aucun mensonge pour lui voler son fiancé : Angelo Di Capua. Mais aujourd'hui, Amanda est morte, et Rosie ne peut se permettre de refuser ce legs. N'a-t-elle pas désespérément besoin d'un nouveau départ, loin de Londres ? Ici, une nouvelle vie s'offre à elle, et tant pis si cela doit réveiller de douloureux souvenirs ou la rapprocher d'Angelo. Angelo qu'elle hait aussi fort qu'elle l'a aimé, mais qui éveille toujours en elle un trouble profond…

LA MAÎTRESSE DE FERRO CALVARESI, *Maisey Yates* • *N°3497*

Ne faire confiance à personne et travailler plus dur que tout le monde… Tels sont les principes qui ont permis à Julia de se faire un nom dans l'univers si concurrentiel des nouvelles technologies. Aussi, quand Ferro Calvaresi, son concurrent direct, la ridiculise devant des centaines de personnes, est-elle bien décidée à lui dire ce qu'elle pense de sa façon d'agir. Mais lors de leur entrevue, loin de se laisser impressionner, Ferro lui propose au contraire une alliance : ensemble, ils peuvent remporter l'important contrat qui lancera définitivement leurs entreprises respectives. A condition, bien sûr, qu'on les croie désormais *très* proches l'un de l'autre...

UNE IRRÉSISTIBLE SÉDUCTION, Maya Blake • *N°3498*

Depuis qu'elle travaille pour Sakis Pentalides, le célèbre armateur, Brianna met un point d'honneur à garder ses distances, et à se comporter avec le plus grand professionnalisme. Qu'importe qu'il soit beau comme un dieu et terriblement charismatique, plus jamais elle ne fera l'erreur de tomber amoureuse de son patron… Mais, lorsqu'un accident requiert leur présence immédiate à l'autre bout du monde, les obligeant à partager – pour la nuit – la dernière chambre d'hôtel disponible de la ville, Brianna sent la panique l'envahir. Le regard que Sakis pose sur elle n'a plus rien de son détachement habituel… Si son troublant patron entreprend de la séduire, trouvera-t-elle la force de résister ?

UN MILLIARDAIRE POUR AMANT, Jacqueline Baird • *N°3499*

Si Zac Delucca a bâti un véritable empire financier à partir de rien, c'est à force de travail et d'intransigeance. Aussi, lorsqu'il apprend que Nigel Paxton, le directeur financier de l'entreprise qu'il vient de racheter, a détourné plus d'un million de livres sterling, est-il bien décidé à se montrer impitoyable. Mais en apprenant que la magnifique – et insupportablement hautaine – jeune femme rousse qui a attiré son attention, quelques minutes plus tôt, dans le hall de l'entreprise n'est autre que la fille de l'homme qu'il s'apprête à détruire, Zac se demande s'il n'y aurait pas un autre moyen, bien plus agréable – et sensuel –, de se venger...

UN PARFUM D'INTERDIT, Carole Mortimer • *N°3500*

Grace en est sûre : elle va être renvoyée du poste de gouvernante qu'elle occupe chez Cesar Navarro, le célèbre milliardaire argentin. Comment a-t-elle pu se montrer si impertinente avec son nouveau patron, elle d'habitude si réservée, en se moquant de ses gardes du corps ? Et dès son premier jour de travail en plus ! Et puis, jamais elle n'aurait dû se plaindre du petit cottage isolé qu'on lui a alloué – même si elle redoute de devoir y dormir seule la nuit… Aussi, quand Cesar lui propose au contraire de venir s'installer dans la demeure principale, où il vit, Grace sent le soulagement l'envahir. Un soulagement qui laisse bientôt place au trouble : est-il bien sage de vivre sous le même toit que cet homme, qui éveille en elle des sentiments étranges… et brûlants ?

LA PROMESSE DU DÉSERT, Sarah Morgan • *N°3501*

Quand le cheikh de Zubran lui demande, quelques mois à peine après leur rupture, d'organiser la réception de son mariage avec une autre femme, Avery, dévastée, comprend qu'il cherche ainsi à la punir. Après un an de folle passion, n'est-ce pas elle qui a pris l'initiative de leur rupture ? Renoncer à Malik lui a brisé le cœur, mais comment aurait-elle pu faire autrement ? Jamais elle n'aurait fait pour lui une épouse convenable, et il l'aurait tôt ou tard rejetée… Parce qu'elle refuse de montrer à Malik combien elle souffre, Avery se résout à accepter sa cruelle proposition. C'est décidé : elle fera de ce mariage l'événement le plus somptueux de l'année. Qui sait, une fois Malik marié, peut-être parviendra-t-elle à l'oublier et, enfin, à tourner la page ?

PASSION EN LOUISIANE, Kimberly Lang • *N°3502*

Depuis toujours, Lorelei vit dans l'ombre de sa sœur, si parfaite, tandis qu'elle-même est la rebelle de la puissante famille LaBlanc. Mais, céder à la passion dans les bras de Donovan Saint-James ? Là, elle sait qu'elle est allée trop loin. Car Donovan n'est pas un inconnu à La Nouvelle-Orléans. C'est le célèbre journaliste qui, depuis des années, met en lumière les secrets les plus honteux des élites de la ville. Une élite à laquelle, quoi qu'elle en dise, elle appartient. Aussi doit-elle oublier, et vite, cette nuit aussi inattendue que délicieuse. Mais comment le pourrait-elle quand le destin semble prendre un malin plaisir à remettre Donovan sans cesse sur son chemin ? Donovan qui semble, quant à lui, décidé à ne *rien* oublier...

LA TENTATION D'UN PLAY-BOY, Lynne Graham • *N°3503*

- Amoureuses et insoumises - 3ème partie

Qui est réellement Emmie Marshal ? Cette question hante Bastian depuis qu'il a découvert le visage de sa jeune stagiaire sur un site spécialisé en « accompagnatrices de luxe ». La jeune femme a beau nier avec véhémence, il n'en croit pas un mot : n'a-t-il pas rencontré trop de manipulatrices au visage d'ange pour se laisser tromper par l'apparence si sage d'Emmie ? Dans l'espoir d'obtenir des réponses à toutes les questions qu'il se pose, Bastian exige qu'elle l'accompagne au mariage de sa sœur, en Grèce. Mais une fois sur place, infiniment troublé par le mélange d'innocence et de sensualité que dégage la jeune femme, il cède bientôt au désir fou qu'elle lui inspire, pour une nuit d'amour passionnée. Une nuit qui pourrait bien avoir des conséquences inattendues...

POUR UNE NUIT AVEC LE CHEIKH, Sharon Kendrick • *N°3504*

- La fierté des Corretti - 5ème partie

Epouser le cheikh Kulal Al-Dimashqi ? Rosa Corretti est atterrée. Si elle a fui la Sicile et la tutelle de sa puissante famille, ce n'est certainement pas pour retomber sous la coupe d'un homme qu'elle devine de la même trempe que ses frères : arrogant et impitoyable. Pourtant, Rosa sait qu'elle n'a pas le choix. Le bruit circule qu'ils ont passé une nuit ensemble et personne ne croira son démenti. Ce mariage de convenance, pour un an, est le seul moyen d'éviter une tempête médiatique et de préserver leurs réputations respectives. Mais quand Kulal lui annonce, le regard brûlant de désir, qu'il entend bien profiter de tous les aspects de ce mariage, Rosa sent un long frisson – d'angoisse et d'excitation mêlées – la parcourir...

A paraître le 1er juillet

Best-Sellers n°609 • suspense

Le secret du tombeau - Amanda Stevens

Lorsque le cadavre d'une jeune femme est découvert dans le vieux cimetière de Charleston dont on lui a confié la restauration, Amelia Gray comprend que sa vie solitaire et tranquille est en train de voler en éclats. Car le meurtrier, comme s'il prenait un plaisir sadique à la provoquer, a dissimulé des indices pouvant mener jusqu'à lui au milieu des pierres tombales. Des indices qu'elle est la seule à pouvoir déchiffrer…

Aussi, quand l'inspecteur John Devlin lui demande son aide pour résoudre cette affaire, Amelia pressent qu'elle n'a pas le choix : elle va devoir mener l'enquête avec lui. Pourtant, elle qui cache depuis l'enfance un don terrible et étrange sait aussi qu'il lui faudrait à tout prix garder ses distances avec cet homme sombre et ténébreux, hanté par des ombres du passé. Sauf que l'attirance qu'elle ressent pour Devlin ne fait que s'intensifier à mesure que les indices la rapprochent du tueur… mais aussi du voile ténu qui sépare les vivants du monde des morts.

Best-Sellers n°610 • thriller

Capturée - Elizabeth Heiter

Appelée en renfort sur une scène de crime dans le bois de Bakersville, Evelyn Baine, profileuse au FBI, ne s'attendait pas à découvrir une mise en scène aussi macabre : les cadavres de deux jeunes femmes ont été enterrés à la verticale, les têtes émergeant du sol et exposées comme des trophées… Bouleversée, Evelyn pressent aussitôt qu'un tueur en série rôde dans la nature. Pourquoi a-t-il choisi ces femmes ? Et que signifie le cercle scarifié sur leur poitrine ?

Autant de questions qui l'amènent peu à peu à dessiner les contours d'un meurtrier à la personnalité violente et sadique. Un meurtrier qui, elle le devine, est proche, tout proche… et prêt à tuer de nouveau. Résolue à tout mettre en œuvre pour le faire arrêter, Evelyn prend alors une terrible décision : elle servira d'appât pour le forcer à se dévoiler…

Best-Sellers n°611 • roman

Là où la vie nous emporte - Susan Wiggs

Depuis des années, Daisy Bellamy est déchirée entre deux hommes – Logan, très séduisant mais tourmenté par une histoire familiale complexe, et Julian, dont le charme éclatant dissimule une profonde révolte intérieure. Même si, à l'âge de dix-neuf ans, un choix s'est imposé à elle et a conduit Julian à disparaître peu à peu de sa vie.

Quatre ans plus tard, accaparée par une carrière de photographe en plein essor dans la ville d'Avalon, Daisy mène une vie très agréable avec Charlie, son petit garçon adoré qu'elle a eu avec Logan, un père aimant et attentif. Pourtant, au plus profond d'elle-même, elle sent parfois que quelque chose manque à son bonheur.

C'est alors que Julian revient et, avec lui, la mémoire de l'été merveilleux de leur rencontre au bord du lac des Saules. Bouleversée, Daisy se retrouve confrontée au choix qu'elle croyait avoir laissé à tout jamais derrière elle…

Best-Sellers n°612 • roman
Le parfum de l'automne - Brenda Novak

Alors qu'elle vient d'envoyer promener Simon O'Neal, l'acteur le plus viril et le plus sexy d'Hollywood, parce qu'elle ne supportait plus ses frasques, Gail DeMarco se demande si elle n'a pas commis une erreur. Une erreur ? Il s'agit en fait d'une vraie catastrophe, oui ! Du jour au lendemain, tous ses clients quittent son agence pour se tourner vers la nouvelle attachée de presse engagée par Simon. Désespérée, et se sentant responsable de l'avenir de ses employés, Gail n'a pas le choix : il lui faut présenter des excuses à Simon. Sauf que celui-ci, qui cherche à redorer son image pour obtenir la garde de son fils de cinq ans, lui propose alors un marché : l'épouser pour qu'on le croie rentré dans le rang. Forcée d'accepter cet arrangement insensé, Gail se demande comment elle va bien pouvoir vivre avec cet homme chez qui elle déteste tout, absolument tout. Ou presque…

Best-Sellers n°613 • suspense
Le frisson de la peur - Lori Foster

Quand Arizona Storm se présente chez lui pour lui demander son aide, Spencer ne pense pas une seconde à refuser : comment le pourrait-il, alors que la jeune femme éveille en lui, depuis qu'il la connaît, un puissant sentiment protecteur ? Cependant, même s'il est persuadé de pouvoir l'aider dans l'enquête qu'elle mène sur un réseau de proxénétisme, Spencer sait aussi qu'Arizona s'attaque à de dangereux criminels, prêts à tout pour parvenir à leurs fins, et qu'elle n'hésitera pas une seule seconde à se mettre en danger pour les arrêter. Dès lors, il devra tout faire pour la protéger. Mais il sait aussi qu'en travaillant avec elle, il va devoir faire face aux réactions et aux sentiments étrangement intenses, brûlants, que fait naître en lui Arizona, dont l'émotion à fleur de peau, la fragilité et la féminité incandescente le touchent profondément…

Best-Sellers n°614 • historique
Fiançailles à Brentmore Hall - Diane Gaston

Angleterre, 1816

Anna ne sait si elle doit être heureuse ou terrifiée à l'idée d'avoir trouvé une place de gouvernante dans la somptueuse demeure de Brentmore Hall. Car si ses élèves Cal et Dory semblent adorables, leur père, Lord Brentmore, fait quant à lui l'objet d'étranges rumeurs. Ne dit-on pas qu'il a un passé plus que douteux ? Mais dès qu'elle rencontre le mystérieux marquis, un trouble profond l'envahit face à cet homme si séduisant et si sombre à la fois, visiblement marqué par la mort de sa femme. Mais ce drame peut-il expliquer qu'il se montre aussi distant avec ses propres enfants ? Puisqu'elle est désormais la gouvernante de ces derniers, Anna se doit de lui rappeler son rôle de père. Tout en se demandant si c'est uniquement par devoir qu'elle agit ainsi… D'où lui vient en effet cette curiosité brûlante qui la pousse à percer les secrets du marquis, alors même qu'il s'apprête à annoncer ses fiançailles avec celle qui est destinée à devenir une nouvelle mère pour les enfants ?

OFFRE DE BIENVENUE

2 romans Azur gratuits et 2 cadeaux surprise !

Vous êtes fan de la collection Azur ? Pour prolonger le plaisir, recevez gratuitement **2 romans Azur et 2 cadeaux surprise !**

Une fois votre colis de bienvenue reçu, si vous souhaitez continuer à recevoir nos romans Azur, cela se fera automatiquement. Vous recevrez alors chaque mois 6 romans inédits de cette collection au prix avantageux de 3,94€ le volume (au lieu de 4,15€) auxquels viendront s'ajouter 2,99€* de participation aux frais d'envoi.

*5,00€ pour la Belgique

▶ **Vous n'avez aucune obligation d'achat et cette offre est sans engagement de durée !**

<u>Les bonnes raisons de s'abonner :</u>

- Aucun engagement de durée ni de minimum d'achat.
- Vos romans en avant-première.
- - 5% de réduction systématique sur vos romans.
- La livraison à domicile.

Et aussi des avantages exclusifs :

- Des cadeaux tout au long de l'année qui récompensent votre fidélité.
- Des réductions sur vos romans par le biais de nombreuses promotions.
- Des romans exclusivement réédités pour nos abonné(e)s notamment des sagas à succès.
- L'abonnement systématique à notre magazine d'actu ROMANCE.
- Des points cadeaux pouvant être échangés contre des livres ou des cadeaux.

Rejoignez-nous vite en complétant et en nous renvoyant le bulletin !

ZZ4F09
ZZ4FB1

N° d'abonnée (si vous en avez un) ☐☐☐☐☐☐☐☐

Mme ☐ Mlle ☐ Nom : .... Prénom : ....

Adresse : ....

CP : ☐☐☐☐☐ Ville : ....

Pays : .... Téléphone : ☐☐☐☐☐☐☐☐☐☐

E-mail : ....

Date de naissance : ....

☐ Oui, je souhaite être tenue informée par e-mail de l'actualité des éditions Harlequin.

☐ Oui, je souhaite bénéficier par e-mail des offres promotionnelles des partenaires des éditions Harlequin.

<u>Renvoyez cette page à</u> **: Service Lectrices Harlequin – BP 20008 – 59718 Lille Cedex 9 - France**

Date limite : **31 décembre 2014.** Vous recevrez votre colis environ 20 jours après réception de ce bon. Offre soumise à acceptation et réservée aux personnes majeures, résidant en France métropolitaine et Belgique. Prix susceptibles de modification en cours d'année. Conformément à la loi Informatique et libertés du 6 janvier 1978, vous disposez d'un droit d'accès et de rectification aux données personnelles vous concernant. Il vous suffit de nous écrire en nous indiquant vos nom, prénom et adresse à : Service Lectrices Harlequin - BP 20008 - 59718 LILLE Cedex 9. Harlequin® est une marque déposée du groupe Harlequin. Harlequin SA – 83/85, Bd Vincent Auriol – 75646 Paris cedex 13. SA au capital de 1 120 000€ - R.C. Paris. Siret 31867159100069/APE5811Z

Composé et édité par les

éditions HARLEQUIN

Achevé d'imprimer en juin 2014

CPI
BRODARD & TAUPIN

La Flèche
Dépôt légal : juillet 2014

Pour l'éditeur, le principe est d'utiliser des papiers composés de fibres naturelles, renouvelables, recyclables, et fabriquées à partir de bois issus de forêts qui adoptent un système d'aménagement durable. En outre, l'éditeur attend de ses fournisseurs de papier qu'ils s'inscrivent dans une démarche de certification environnementale reconnue.

Imprimé en France